# 时速一百英里的狗

The Hundred-Mile An-Hour Dog

## 巴黎大冒险

[英]杰里米·斯特朗 著　[英]罗恩·克利福德 绘　杨琼琼 译

CMS 湖南文艺出版社
HUNAN LITERATURE AND ART PUBLISHING HOUSE

小博集
BOOKY KIDS

·长沙·

# 人物介绍
## INTRODUCTION

## 特雷弗

奔奔的主人。没那么勇敢，却想成为一个超级英雄。非常爱他的狗狗奔奔。

## 奔奔

一条混血雌性犬，身子细长，四肢强劲有力，有着强大的灵缇犬血统，是世界上奔跑速度最快的狗，跑起来比飞行的子弹还快。

## 蒂娜

特雷弗最好的朋友。聪明，有趣，做事也很有条理，经常帮助特雷弗。

## 鼠宝

蒂娜家的狗狗。一条大型圣伯纳犬，一条大舌头总是流着口水。

## 斯穆格警长

查理·斯穆格的爸爸，当地的警察，总是阻挠特雷弗他们的行动。

## 查理·斯穆格

斯穆格警长的儿子，长得五大三粗的，有两条像金刚一样粗壮的胳膊，一双小眼睛，脸上长满了痘痘。总是欺负体格比他小的人，对他们呼来喝去。

来认识一下**奔奔**和它的主人**特雷弗**。

汪!
汪!

他们要去阳光明媚的巴黎度假。

汪!
汪!

但是，无论奔奔去哪里，混乱总是紧随其后！

快一点!

但我已经跑
得很快了!

# 目录
## CONTENTS

## 第 一 章

# 用和埃菲尔铁塔一样粗的针接种疫苗

你不能怪我，我只是从窗户跳了出去。没错！就是那个兽医诊所的大窗户。兽医珀森夫人不应该打开窗户的，不是吗？不管怎么说，如果兽医拿着一个巨大的针筒朝你走来，你会怎么做？

"只会轻轻地扎一下！"兽医珀森夫人说。哦？真的吗？可是，我看到了她脸上邪恶的笑容，还有那长长的、尖尖的针头。针头很大吗？当然，那针头看起来简直就像埃菲尔铁塔！我吓坏了，像一道闪电似的跳窗逃走了。（没错，事实上，因为我的名字叫奔奔，所以跳窗时，我真的就和我的名字——奔奔——一样逃走了，奔奔的意思是，我是世上跑得最快的狗。）

我看到兽医、针头和打开的窗户后，嗖嗖嗖……一溜烟地跑了。哈哈！兽医珀森夫人，你还是用针扎别人的屁股去吧。

当然，他们都来追我了，但是我跑得太快了，他们根本追不上我。那些两条腿的人压根就不会跑。我不停地朝他们吠叫："用四条腿跑啊，两条腿不够的，你们可以像我一样用四条腿跑。"但是他们什么都没有听见，因为他们的耳朵很小，不像我的耳朵那般可以上下翻动，像晾在晾衣绳上的毛巾一样。我能听见那些极其微小的声音，比如蚂蚁打喷嚏或者蜈蚣耳朵痛发出的

"呜呜呜……"的声音。

从兽医珀森夫人那里逃回家后，我就惹上大麻烦了。即便是两条腿的特雷弗，那个我必须陪他散步的男孩，也变得对我不耐烦了。我以为他会为我巧妙的逃逸而感到高兴，但他没有。事实上，他看起来很难过。

"打针是为你好，奔奔。"他对我说。

噢？真的吗？为我好？我才不这样想呢！我回应说："我想看看医生用埃菲尔铁塔一样的针给你接种疫苗！"当然，他听不懂我说话，人类真是没救了。听不懂宠物讲话，你养宠物干什么？这有什么意义呢？

回家后，关于这个问题，我和宠物猫埃里克聊了很久。

"当然，"埃里克和其他猫一样，躺在沙发上，占据沙发一半的位置，"你知道你不能和他们一起去度假了吗？"

"什么度假？你什么意思？"

"如果你注意一下人类的世界，而不是沉浸在你那满是香肠和馅饼的梦幻世界里，你就会知道，他们几周后要去法国巴黎度假了。"

我沉浸在香肠和馅饼的梦幻世界了吗？我才没有呢！我真的很喜欢香肠和馅饼，它们对我来说非常重要。此外，如果要去度假，我还要在旅行箱里装满香肠和馅饼呢！除非要去的地方有很多香肠和馅饼。想到这里，我问埃里克：

"法国？法国是什么？"

"法国是另外一个国家，巴黎是它的首都。"埃里克叹息道，"我有时真的会怀疑你的受教育程度，难道你什么都不知道吗？"

"我知道的东西多了，"我对它说，"但是我不知道法国，法国能吃吗？"

"不能，你的嘴巴根本吃不了。"埃里克笑着回答。我想那是只有它才懂的笑话，但是，法国对我来说，仍然是一个神秘的地方。

"法国是海那边的一个国家，两条腿的人通常会去那儿度假。有时他们会带上宠物一起去，你的伙伴特雷弗想带你一起去，但是你必须接种完疫苗才能去。"

我看了看埃里克，四肢开始颤抖。"你说的是用那个埃菲尔铁塔一样的针接种疫苗吗？"

"哦，别那么夸张，"埃里克叹了口气，"那只是一个小针头而已。"

"兽医也是这样说的。"我咕哝着。

"那你到底想不想去巴黎度假？"

"那儿漂亮吗？那儿有狗吗？"

埃里克大声呻吟着："哪里都有狗，笨蛋！"

"月球上也有狗吗？"我睁大了眼睛问道。

"只有你会问这种问题，"埃里克又叹了口气，"月球上当然没有狗了。"

"但是你说哪里都有狗，你才是笨蛋！讨厌鬼！"哈哈！我很早之前就了解埃里克了，它喜欢自作聪明。这只猫什么都不懂，我知道月球上没有狗，我只是想考考它。

不管怎么说，这次聊天让我开始思考：那些两条腿的人要去度假，并且想带我一起去，但是只有我……呜呜……啊啊……用埃菲尔铁塔一样的针接种完疫苗才能去。

怪不得特雷弗不高兴，原来是因为我不能和他一起去度假。但到底是什么样的假期呢？我得当一条侦探狗狗才能弄明白。于是，我跟在他们后面，耳朵不停翻动着，以免错过什么线索。

结果我发现，特雷弗的爸爸要去打高尔夫球，去巴黎打高尔夫球，真不知道他为什么那么喜欢打高尔夫球。那些白色的球太恐怖了，因为我曾经吃过一个。

嘎嘣嘎嘣！这种球吃起来像在嚼橡皮虫，我不得不把它吐了出来！呸呸！

总之，特雷弗的爸爸已经在巴黎的一个高尔夫球场附近预订了露营场地。（那儿不仅有狗，还有高尔夫球场。）但是特雷弗的妈妈却说，她讨厌高尔夫球，更讨厌小小的帐篷，她宁愿住在蜂窝里。（她是……疯了吗？我永远都理解不了那些两条腿的人。）

然后特雷弗说打高尔夫球是世界上最无聊的运动。

特雷弗的爸爸顿时涨红了脸，嘴里不停地说着什么，还在房间里走来走去，挥舞着手臂，就像一个指挥交通的交警。尽管这个地方没有汽车，只有一张沙发和两把扶手椅——它们甚至都没有移动。

特雷弗的爸爸试图告诉他们，露营地附近不仅可以打高尔夫球，还可以骑山地自行车、射箭、攀岩、玩彩弹游戏和划独木舟，他们不会只待在帐篷里，因为他还租了一辆大篷车，一辆特别的银色大篷车。

听完特雷弗爸爸的话，所有人都疯狂了起来。事实上，先是长时间的沉默，大家面面相觑。然后特雷

弗的妈妈兴奋地尖叫道:"可以骑山地自行车?"特雷弗更加兴奋地尖叫道:"可以划独木舟?"特雷弗的爸爸回答说:"没错!"然后他们就开始大喊大叫,跳来跳去,就像在蹦床表演赛中获得了一等奖的三个冰激凌似的。

当他们不再像冰激凌时,特雷弗平静地说,除非奔奔和他们一起去度假,否则他也不去。(他说的是我,奔奔!我真的听到了,你们能想象我当时的感受吗?事实上,我的耳朵像要发射的火箭一样立起来了。)

特雷弗的爸爸听到要带上我和他们一起去度假,似乎有点不高兴。最后,他们决定,埃里克可以留在家里,由一个猫咪保姆照顾,但是他们不能离开我,因为我不可靠。我不明白"不可靠"是什么意思,但这一定意味着我很特别、很宝贵,否则他们也不会带着我去度假,对吧?然而,不管怎么说,要想去度假,我就得接种狂犬疫苗。

"我不懂,"特雷弗的爸爸喃喃道,"奔奔看起来好像得了狂犬病似的。"所有人都大笑起来。我问埃里克什么事那么好笑,但是它笑得太用力,从沙发上滚了下来，真是活该！

最后，它告诉了我。

"狂犬病是一种会让你口吐白沫、不停咆哮的疾病。得了这种病，你就像吃了一块肥皂。但事实上，你已经疯了，然后就会死亡。"

"我没有疯。"我说。埃里克没有回应，只是看着我。"我没有疯。"我重复道。

"你从兽医诊所的窗户跳了出去，"埃里克指出，"上周，你吃了一个垫子，因为上面有汉堡的图片。你已经完全疯了！"

哼！埃里克真是太……斤斤计较了。我上楼去了特雷弗的房间。特雷弗躺在床上，看起来很伤心。因此，我也躺到了他的床上，神情悲伤。然后，我意识到，躺在特雷弗的头上，他是看不到我伤心的样子的。特雷弗喘不过气了，他不停地用手臂推我。我站了起来，把头靠在他的肚子上，然后说我很抱歉，如果他觉得有必要，我会和他一起去兽医珀森夫人那里的。

说这些话时，我甚至连嘴唇都没有动一下，只是用耳朵做了"手语"。我很擅长这一点，特雷弗很聪明，

他知道我想对他说什么。

他看着我，点了点头。"好吧，明天去，我们明天去。"

事情就是这样，明天我就要用埃菲尔铁塔一样的针接种疫苗了。

## 第 二 章

# 大惊小怪的事情接二连三

我做到了！我接种疫苗了！真是太简单了。我根本就没有感觉到痛！我和特雷弗一起去的，他给了我三个果酱甜圈圈吃。我刚吃完，兽医珀森夫人就已经给我接种完疫苗了，我竟然没有一点感觉。我不知道埃里克为什么会那么大惊小怪。

今天发生了很多大惊小怪的事情。首先，我要走进一个好笑的盒子里，然后，特雷弗让我坐在一个座位上。这是不可能的，因为这个愚蠢的座位只有我的屁股那么大，但我的肚子、腿和其他部位该怎么办呢？

"只要坐下就好，"特雷弗不停地对我说，"别动，坐稳！保持一个姿势！"

　　我的腿总是从座位上掉下来，我怎么能保持一个姿势？随后，我的腿又会把我的肚子拉下来，因为腿和肚子是连在一起的，一直连到我的脖子和头部，这些部位会一起被拖走，直到最后，我又一次躺在地上。

　　特雷弗的妈妈就在旁边，她大部分的时间都靠在一个盒子上，歇斯底里地大叫着。最后，特雷弗钻到座位下，尽可能地托起我身体的其他部位，那个"盒子"就一直对着我发出一闪一闪的光，强光都要闪瞎我的眼睛了。在那之后，我们要等一会儿，直到有东西从盒子侧面的一条小缝里出来，我以为那是

巧克力，就像你从车站的巧克力售卖机里得到的那样，所以我吃了它。

你们猜那是什么？那不是巧克力。那是一种可怕的、有点光滑的、厚厚的纸，吃起来很恶心，因此，我把它吐了出来。呸呸呸！然后，我有麻烦了，因为那些厚厚的纸是我的护照照片，所以，我们又得重新拍照了。

现在我有护照了，护照上有一张我的照片。照片里的我看起来很酷，但是我的嘴巴和下巴看起来不好看。因为拍照的时候，特雷弗的手握着我的鼻子和嘴巴。特雷弗的手

也被拍到了，我猜海关的工作人员会让特雷弗的手和我一起去度假，因为他的手在照片上，但是我没有看到特雷弗其他的地方。我希望看到他整个人。

回到家后，特雷弗的爸爸看了照片就哈哈大笑起来，其他人也跟着笑了，埃里克也笑了。我不知道为什么，但大部分人似乎不是冲着我笑，就是大声喊叫，或者两者都有。好吧，我要跟你们讲一件能让埃里克立即笑容消失的事情。你们知道埃里克的真名叫什么吗？这个家里的人都叫它小可爱。哈哈！小可爱，这名字好听吗？我可不这么觉得。我甚至不会称蝌蚪为小可爱。（我会叫它们青蛙崽或者小小蝌蚪。）

不管怎样，特雷弗的爸爸有话对特雷弗说。"我们一定要让奔奔习惯坐小汽车进行长途旅行。"我的耳朵响起了"红色警报"。（尽管我的耳朵是黑色的，但是你懂我的意思。）

"是的。"特雷弗明智地点了点头。

"这件事就交给你了。"特雷弗的爸爸补充道。

"我又不开车,"特雷弗急忙说,"我才十一岁!"

"我没有要你开车,特雷弗,我要你训练奔奔坐着不动,就训练这个技能。"

"就训练这个技能?!就训练这个技能???!!!"

然后他继续说。

"训练奔奔坐着不动?那简直就像训练一条蛇倒立,换句话说,那是不可能的。"

真的,你明白他的意思吗,因为我不明白。我觉得这样说不太好。除了尾巴,我和蛇一点也不像。事实上,我会倒立,尽管只能持续很短的时间。也就是说,我跑得太快,在翻跟头的过程中,双腿在空中,而头却在原来腿的地方,那就是我做的倒立。

特雷弗已经受够了训练我坐着不动,他觉得自己需要帮助。于是,他给蒂娜打了电话,蒂娜马上就过来了。

特雷弗今天要告诉她自己去度假的事情,结果又是一场大吵大闹。蒂娜听到这个消息后,脸色惨白地瘫倒在沙发上。我以为她晕倒了,因为她的眼睛是闭着的。

但后来我看到她半睁着眼睛，迅速看了一眼特雷弗，想看看他有没有注意到自己。她在耍什么诡计吗？但是，这根本就没有用，因为特雷弗一点也不在意。

"你要去度假。"蒂娜用一种半死不活的语气说。

"没错，要离开两周，去巴黎！"（我想特雷弗甚至都没有发现她说话时的虚弱语气。）

"两周！我需要找心理咨询师安抚我的精神创伤。"蒂娜咕哝着。

特雷弗只是咕哝了一声。"不要夸张啦！"他说，"真的，不管发生什么事，女孩子都能演戏。"他交叉双手于胸前，然后坐了下来。"我是叫你来帮忙的。"特雷弗对蒂

娜说。

"真的？"我觉得蒂娜说话时的语气十分冷淡。

"真的！"特雷弗着急地补充说。

"好吧，帮什么忙？"

特雷弗对她说了训练的事情。"毕竟，"他继续说，"你把鼠宝训练得很好，它会安静地坐在那里，对吧？"

"我可从来没有训练鼠宝静坐，它只是很懒而已。"蒂娜说。

哈哈！说得对！我认识鼠宝好多年了，它是一条硕大的圣伯纳犬。你知道的，它是那种看起来没有脖子，像设特兰矮种马一样的狗。它看起来就像一个退隐的摇滚明星。

"你会给我寄明信片的，对吗？"蒂娜问。

"我都还没有去呢！"特雷弗皱着眉说。

"我知道，但是你去度假，我真的会感到害怕。"蒂娜说。

特雷弗突然开始剧烈地咳嗽，就像有千万句话哽在喉咙说不出来一样。

我要告诉你们，我笑得在地上打滚。我从来没有

看到过特雷弗这样。蒂娜只是看着他。

"你不在的时候，我会感到很孤单。"

"我只是离开两周而已，我会给你寄一张明信片，好吗？"

"只寄一张吗？"蒂娜的脸拉得很长，脸上露出可怜的表情。我想，家具听到了都会伤心痛哭的。

"好的，我给你寄两张。我们能训练奔奔了吗？你有什么办法吗？"

"三……"

特雷弗的脸色立刻变得明亮了起来。"三个办法，太棒了！"

蒂娜摇了摇头。"不是三个办法，你这个傻瓜，是三张明信片，至少要寄三张。"

"好，好，四张明信片，我给你寄四张。好了，现在我们可以开始训练奔奔了吗？"

蒂娜朝他微微一笑。"你知道吗？"她说，"在法国，人们见面时会吻双颊。"

"我们又不在法国。"特雷弗对她说。

"是不在，但你应该练习一下。"蒂娜说。

特雷弗跳了起来，好像鳄鱼咬到了他似的。"我想我们现在应该训练奔奔了，你可以告诉我你的办法。"

特雷弗牵着我的绳子朝花园走去，蒂娜则从她的口袋里拿出一包剩下的饼干，我立刻就跑到了她身旁。除了比萨、意大利腊肠、冰激凌、香肠、炸薯条、烤鸡、汉堡、薯片外，我最爱的就是饼干了。

"你让奔奔坐下，我来奖励它一点饼干。"蒂娜说。

"好，"特雷弗赞同道，"奔奔，坐下。"

烤土豆、甜甜圈、炸洋葱圈、洋葱土豆饼、松饼……

"奔奔！坐下！"

消化饼干、及时乐燕麦

饼、无花果面包卷、墨西哥玉米饼、薄煎饼、蛋糕、草莓……

"坐下！"特雷弗试图把我往后推，但我的四条腿就像纯钢雕刻的一样，我的眼睛睁得老大，眼睛里百分百都是饼干。

"你们真是没救了。"蒂娜不耐烦地嘟囔着。

特雷弗厉声对她说："把饼干给我，你来让它坐下。"

蒂娜翻了个白眼，把饼干递给了特雷弗，好像特雷弗和我都是傻瓜一样。哈哈！他们两个都不知道，我可是闪电侠，因为我是闪电腿小姐。所以，当蒂娜把手伸向特雷弗时，我的嘴冲向那包饼干，速度比三级曲速① 还快。我把她手里的饼干撞飞了。

饼干像车轮般飞在空中，我蹲下来，绷紧

---

① 三级曲速即光速的 27 倍。——编者

身体中每一块有弹性的肌肉——砰砰砰——我跳了起来，然后，吧嗒一声咬住饼干，搞定！

我把饼干全都吃完了，甚至还吃掉了包装盒。然后，我坐下来看着他们两个。

"好了，"蒂娜叹息道，"它坐下了。"

哈哈！我喜欢当一条狗！

第 三 章

特雷弗的训练

　　有时，我真不知道那些两条腿的人到底想干什么。特雷弗的爸爸总是要求我坐在车里别动，然后特雷弗继续要求我坐在车里别动。他们以为我要干什么？我可是百分之百没做过坏事的狗。

　　我像一尊雕塑一样坐在那里，甚至没有动一下舌头和耳朵。我几乎没有机会坐前面副驾驶的位置，因为特雷弗的爸爸不让我坐在前面。只有他不在车上时，特雷弗的妈妈才会让我坐在前面。如果不能坐在前面，我还可以坐在后面的位置上，只要行李不多的话。也许我可以躺在行李上，或者靠在行李上，摆出一副我要去度假的姿势。我敢打赌，那样看上去会很不错！或者，我可以和特雷弗一起坐在后座上，只要我没有被困在中间的位置，看不到车窗外的风景就行。

我喜欢车窗！我喜欢把头伸出去，这样风就能让我的耳朵上下飘动，犹如在晾衣绳上飘动着的特雷弗的裤子。空气猛钻进鼻孔，我张开嘴试图抓住风，吃掉它，因为风品尝起来很新鲜。

呜呼！这次的汽车旅行一定很好玩！我只要努力坐着不动，就可以享受这么多好玩的事情。除非，我刚才想，我们坐的不是小汽车，而是大篷车。我不知道什么是大篷车，可能它没有窗户，我要去问问埃里克，也许它知道。

不管怎样，我今天还要和特雷弗还有蒂娜进行一次训练。蒂娜很兴奋，因为她想到了一个好办法。

"你知道吗？当鹅出生时，它们会把第一眼看到的人当成它们的妈妈。在野外的话，这是可以实现的，因为它们第一眼看到的就是鹅妈妈。但是在电视节目中，有些鹅蛋最初是鹅妈妈在孵，后来鹅妈妈被狐狸吃了，有人把鹅蛋带回家，给它们保温——"

"那个人坐在鹅蛋上孵蛋吗？"特雷弗问。

哦，这也太好笑了。我看着他们两个，张大嘴巴疯狂叫着，特雷弗和蒂娜瞪着我。

"它怎么了？"蒂娜问。

"我也不知道。"特雷弗面无表情地说，"那些鹅蛋怎么样啦？"

"孵出鹅了，小鹅们第一眼看到的是那个人，所以它们认为那个人就是它们的妈妈。"

啊！这怎么有点奇怪呢？那些小鹅也太没脑子了。也许它们的脑子没有孵化好，只是孵出了一些呆鹅。

蒂娜继续解释："那个人去哪儿，那些鹅就跟到哪儿。随着小鹅越长越大，那个人意识到它们该学习怎么飞了，但是没有鹅妈妈教它们，所以那个人不得不自己教它们飞。"

"可是人不会飞啊。"特雷弗喃喃道。我不停地叫着，因为我会飞，真的，我会像任何飘动的东西一样飞。我跑啊跑，直到我的爪子离开地面，眼前变得一片模糊，我在空中飞！没错，那就是飞的感觉。

"闭嘴，奔奔，"蒂娜说，"我在讲故事。那个人走向一架滑翔机，小鹅们跟在它后面。他起飞后，小鹅们不得不扑扇着翅膀努力跟上他。它们竟然在飞！那情景真的只能在电影里才能看到，太不可思议了！"

"好吧，"特雷弗说，"不可思议！可是，这对奔奔的训练有帮助吗？它又不需要学飞，我们也没有滑翔机。"

蒂娜特别生气地看了特雷弗一眼。"你有时也傻得可以，特雷弗。"

哎哟，我想，这话说得有点重。

"听着，"蒂娜继续说，"小鹅们是通过模仿那个人，才学会了如何飞，明白了吗？"

"明白了。"

027

　　"那你要做的就是给奔奔表演如何静坐，这样，它就可以模仿你静坐。"

　　特雷弗考虑了一下蒂娜的建议。"但是有两个问题，"他说，"首先，奔奔不是蛋孵出来的。其次，我不是奔奔的妈妈，也不是奔奔出生后第一眼看到的人。"

　　等等，特雷弗说了三个问题，不是两个。特雷弗连数数都不会。我告诉过你，两条腿的人没有什么用，蒂娜都没有注意到这一点，所以，谁才是聪明的那个呢？当然是我啦！我可是有着和爱钻洞的狗一样的头

脑。（我说"爱钻洞的狗"，是因为爱钻洞的狗都很聪明，不是吗？它们不需要开门，能一下从这边进出，一下从那边进出。难道这还不聪明吗？这真的是非常聪明，我的脑袋就和那种脑袋一样聪明！）

"还是会有用的，"蒂娜说，"我们试试吧。也没有其他有用的办法了，不是吗？"

特雷弗看着我，露出十分严厉的表情。"坐下！"他命令道。

我想，那就来吧，但我就只听一次。于是我坐了

下来。

哈哈！你真应该看看这两个人，他们的下巴都快垂到地上了。傻得可以！

"哇！"特雷弗说，"它坐下了！"

"看看它会不会再做一次。"蒂娜说。

"好。奔奔，坐下！"

我想，等一下！我已经坐下了，笨蛋！我应该怎么做呢？站起来再坐下吗？所以，我挪了挪我的屁股，让他们明白，我已经坐下了。

"不，"特雷弗咆哮道，"先站起来再坐下。"

我想，我又不是玩具，不是你想让我站起来就站起来，想让我坐下就坐下。所以，我又挪了挪我的屁股，他们用力拉我，想让我站起来，我反而软绵绵地躺在了地上，露出我的肚子让他们挠痒痒，可是他们根本不感兴趣。

"这个办法没用，"特雷弗小声抱怨，"刚刚只是一个意外。"

一个意外！等等，阳光男孩，你让我坐下，我坐下了。但是，你不要指望我会一直这么做。不管怎样，最好的办法都用上了。 蒂娜让特雷弗展示如何静坐给我看，但是你肯定想象不到接下来发生的事情。

蒂娜竟然让特雷弗扮演一条狗！

她真的……真的……真的这样做了。

"我们要做的是，"蒂娜对特雷弗说，"你要扮演一条狗，这样奔奔才知道自己要做什么。"她取下我的项圈，走向特雷弗。"套上这个吧。"她说。

"你在开玩笑吧！"

"你觉得我是在开玩笑吗？"蒂娜把我的项圈套在了特雷弗的脖子上，然后把我的牵引绳系在了项圈上。

你要四肢着地，跟着我在房间里转。

　　"这太荒唐了!"特雷弗抱怨道，但特雷弗最终还是这么做了。我坐在那儿，看着蒂娜牵着特雷弗在房间里转啊转。我看向了其他地方，再看这一幕的话，我想我会笑死的。

　　"现在，"蒂娜说，"坐下。"

　　特雷弗坐下了，蒂娜取下他脖子上的项圈，朝房间的另一端走去。"过来。"她对特雷弗说，特雷弗朝她走去。"坐下。"特雷弗听从了命令。蒂娜轻轻地拍了拍特雷弗的头，说："真是一条好狗狗!"

　　对不起。我再也忍不住了，所以我大声叫着。汪! 汪! 汪! 汪! 汪! 汪!

真是太好笑了!

接下来，蒂娜把从特雷弗脖子上取下来的项圈重新套在了我的脖子上，她把牵引绳系在项圈上，然后想牵着我在房间里走一走，但我就是坐在地上不动。她不能让我移动，也不能让我坐下，反正我保持坐着的姿势没有动。

"你要是不小心的话，会把它的头扯下来的!"特雷弗提醒道。

"我简直不敢相信你的狗会这么笨。"蒂娜厉声说，"鹅的脑袋比狗的小多了，但是它们都知道要做什么。"

啊，我想，事实就是这样，狗的头比鹅的大，我的头和那些爱钻洞的狗的头一样大，我们不会被那些愚蠢的骗人游戏愚弄。不管怎么说，你不会让我去飞的，对吧? 如果你让我去飞，我可能会发出嗖嗖嗖的声音! 嗖嗖嗖! 然后我会像喷气式战斗机一样起飞，因为我是超音速狗狗!

就是这样。

## 第 四 章

# 船上的快乐

巴黎！我们来了！蒂娜向特雷弗道别——真的是一把鼻涕，一把眼泪，最后还哇哇大哭起来。当然只有蒂娜表现得那么激动，特雷弗想假装自己不在场，但是没有用，因为他确实在场。特雷弗看起来像个尴尬的番茄——换句话说，他红透了。

"你离开时，你的朋友总是会这么激动吗？"特雷弗的妈妈问。

"她在演戏！"特雷弗厉声说。

"不，我没有！"蒂娜一边擦着眼泪，一边气冲冲地说。

特雷弗的妈妈把手搭在蒂娜的肩上，安慰她说：

"没关系，总有一天你会认识比特雷弗更好的朋友。"

"我很好！"特雷弗声明。

"对蒂娜来说，你不是个好的朋友！"特雷弗的妈妈说。

"但是，那是因为——啊！我什么话都说不出来。"

"哈哈！"特雷弗现在知道我的感受了。我总是很紧张。事实上，我不知道这是什么意思，但听起来就很痛苦。一想到这些，我就脖子疼。

我去和埃里克告别时，它没有哭，没有发出抽泣声之类的声音。它只是闭着眼睛假装睡觉，但是我知道它没有睡。因为我捅了它一下，它就醒了。

"再见！"我说，"我要去巴黎了。"

你们知道它说了什么吗？"万岁！终于清静了！"接着，它就闭上了眼睛。我觉得它是在嫉妒我，我回来时可能会晒黑呢！

现在，我们在路上飞驰着，我的耳朵在窗外上下翻飞，我们后面拖着一栋房子，那就是大篷车！我终于知道大篷车长什么样子了！就是装了车轮的房子，小汽车可以拖着它走。

太不可思议了！那栋房子银光闪闪，房顶是弧形的，里面有一个小厨房、一个小浴室、一个厕所，还有一个可以坐进去吃饭的小房间。房子里有窗户和窗帘，特雷弗父母的床在车的后面，我和特雷弗的床在前面。只要按下一个按钮，就会听到咯咯咯的声音，这时床就会从墙里面滑出来，有时又会弹回去。特雷弗说那是他的床，我说那是我们俩的床，当然，他根本听不懂我说话，但是他很快就会懂的。如果你问我那张床怎么样，我会说那张床看起来很舒服。并且，你一定要按按钮才能拿到东西，想喝水，按个按钮；想关窗帘，按个按钮；想按按钮？按个按钮。哈哈！

　　我要躺在特雷弗脚边照顾他，因为蒂娜现在不在，没有人照顾他。我要像导盲犬一样照顾他，尽管他不是盲人，但是他经常绊倒，他去年在学校就掉进了池塘。（当时，特雷弗在看头顶的一个热气球，热气球发着噗噗的声音，他没有注意到脚往哪里走了。）

　　我们乘船横渡英吉利海峡时，遇到了一点麻烦。因为我应该待在车里，但是没有人提醒过我要待在车里，不是吗？所以，我跟着其他人下了车，然后一路跑上楼梯。你们猜，我看到了什么？我看到楼梯上有更多的楼梯，等我爬到最高处的时候，已经喘不过气了，也不知道特雷弗他们去了哪儿，所以，

我就去找他们。事实上，很多两条腿的人都在找他们，我努力告诉他们去哪儿找。

"你们去那边找，"我说，"我去这边找。"

但是他们总跟着我，如果你问我两条腿的人怎么样，我一定会说他们很愚蠢，所以，我们在船上到处找他们。很快，船员们也开始和我们一起寻找，但我们还是找不到特雷弗或他的父母。最后，我来到顶层的甲板上，看到一个两条腿的人站在一扇大窗户后面，我不能肯定那是不是特雷弗的爸爸，但是看起来确实像，所以我不停地吠叫，冲进了房间，说："终于找到你了！"

你猜怎么着了？那个人竟然不是特雷弗的爸爸！那是一个身材高大的两条腿的人，他穿着一身时髦

的制服，制服上满是金色纽扣。

不管怎么说，"金色纽扣先生"看到我后，松开了手里巨大的方向盘，大声呵斥，并指了指外面，让我出去。然而，我却坐了下来，心想，他不该那样对我说话。他一点也不友好，看起来像那种会伤害特雷弗的人，所以我决定监视他，用两只眼睛紧盯着他。

"金色纽扣先生"一点也不喜欢我盯着他。我明白那意味着他知道我看穿了他，他也明白我知道他也看穿了我。我坐下后正感到困惑，还没来得及发出"汪汪"的叫唤声，船上所有两条腿的人都拥进了这个大房间。看到这种情形后，"金色纽扣先生"开始大声呵斥所有人，不仅呵斥我，还呵斥其他人离开这里。就在这时，我看见了特雷弗的父母，也看到了特雷弗。奇怪的是，他们竟然和那些一直跟着我的人在一起。他们那时为什么没有告诉我呢？

看到他们，我异常高兴，迫不及待地朝他们跑去。接着，"金色纽扣先生"开始大声呵斥，说要把我们丢到海里去；说他要掉转船头把我们送回英国；说等船靠岸后要把我们交给法国警察；还说要把我们都送进

监狱。

　　你知道我对他讲了什么吗？我说："你丢丢看啊，伙计！"当然，他认为，我只是在吠叫而已。我一直都说那些两条腿的人是没用的东西。总之，我被带回了车里，后来的旅行中我不得不一直坐在里面。哼！但是凭着你和我的关系，我可以告诉你，我没有坐很长时间——我有时会站起来，有一次，我坐到了司机的位

置上，还把头搁在了方向盘上，结果它发出令人讨厌的噪声，就像头巨疼时，会听到的噪声一样。

　　我花了好长时间才发现，只要把头从方向盘上移开，车就不会再发出噪声了。噪声持续的时间里，有好几个两条腿的人站在车外猛敲车窗玻璃。他们似乎打开了一点车窗，给车里带来了一点新鲜空气，但是那些两条腿的人进不了车里，所以他们只是站在外面大声

叫喊。

最终，我们顺利到达法国，没有遇到任何麻烦，只是发生了一两件称不上麻烦的小事情，比如特雷弗的父母找不到三明治了，那是他们专门为旅行买的。他们之所以找不到，是因为我独自待在车上时吃掉了。我的意思是，一条狗待在车上时应该干些什么，对吧？难道要无聊死？那些三明治救了我的命呢！

很快，我们就出发前往露营地了。我之前从未露营过，特雷弗和他的父母也没有。我很好奇，露营到底是什么样子的。

我们在法国的一个镇上停下来吃午饭，我看见了一些法国狗，它们看起来和英国狗很像。你猜我发现了什么？它们说的话竟然和我一样！太棒了！但是它们说话时，的确有好玩的口音。特雷弗曾经收到过一份很棒的圣诞礼物——变声器。它就像一个扩音器，但你通过它说话，声音就会变得很好玩。法国狗说话的声音，听起来就像用了变声器似的。也许，它们都收到了作为圣诞礼物的变声器，然后把这份礼物吃到肚子里了，我听说法国狗比我还能吃。（我想，它们不会比我还能吃的。我简直不敢想象，比我还能吃的狗是什么样的。我可是世界上跑得最快的狗，也是吃得最多的狗！）

天气很热，特雷弗的爸爸打开了天窗，然后我把爪

噢啦啦

子扒在前面的座位上，将头伸出天窗。"哇哇哇——呼呼呼！"这感觉太妙了！我几乎可以吃到云朵，我咬，我再咬！我兴奋地冲着所有的事物大声喊叫——我对着天空大喊，对着树木大喊，对着其他的小汽车大喊，对着大卡车大喊，还对着法国狗大喊。（所有的事物也冲着我大喊，但我根本听不见，因为小汽车呼啸着前进的速度比我跑的速度还快！）

　　我转头向后望去，看到安装了轮子的房子紧跟着我

们，我冲着房子吠叫，但是风把我的耳朵吹到了眼前，遮住了我的眼睛，我就摔倒了。我的头落在前面两个座位之间，这时特雷弗的爸爸刚好要拉手刹。结果就是，他抓到了我的嘴，手指伸进了我的嘴巴里，夹到了我的牙齿。他吓了一跳，我们差点撞上了树篱。你们猜，接下来发生了什么?

我们竟然到了露营地!

# 第五章
## 忙碌的一天：翻飞的平底锅和晃悠的海盗船

特雷弗的爸爸一直说是我咬了他，但你知道的，我没有。 他不应该把手指伸进我的嘴巴里，所幸没有造成损失，只是撞坏了一点树篱，还有汽车的引擎盖上多了条刮痕。（此外，特雷弗爸爸的手指上还留下了几个牙齿印。）

老实说，从特雷弗的爸爸大惊小怪的样子来看，你会以为树篱刮伤了他。 他冲我大声嚷嚷，我也冲着他狂吠。 然后，露营地的主人冲着特雷弗的爸爸大声叫喊，还向他挥舞着一个大平底锅。 我想，她是在威胁特雷弗的爸爸，说要煮了他。 那些法国人，他们什么

都 吃——青 蛙、蜗
牛，现在还要吃特雷
弗的爸爸。我想特雷
弗的爸爸肯定不好吃，
他长得太胖了。

　　露营地的主人叫
克雷佩夫人，她的女
儿叫米尼·克雷佩。她们长得几乎一模一样，除了一
个更年轻。她们俩都戴着大大的太阳镜，体形健壮，
样子很凶，身体摇摇晃晃的。（我不是说太阳镜很凶，
摇摇晃晃的，我的意思是克雷佩夫人和米尼·克雷佩的
样子很凶，身体摇摇晃晃的。）

　　树篱被撞坏了一点，她们因此大声叫喊了很久，还
不停地说着"哦哦，啦啦"之类的话，好像在上演一出
大戏。虽然过程很吵闹，但好在最后都解决了。我们
在河边找了个好地方，来安置大篷车，一安置好，我就
急忙跳了进去。（是河，不是安置大篷车的好地方！）

　　在河里洗完澡上岸后，我晃动身体甩出水花，试图
向他们展示在河水里沐浴有多好玩。我试图说服所有

人，劝他们也跳进河里去感受一下，因为那感觉真是奇妙极了！

你永远都猜不到两条腿的人接下来会有什么反应，不是吗？我以为，他们会很开心，然后也都跳进河里，但是他们却冲着我大喊大叫。于是我就跑开了，想去找个更聪明的人玩，就在这时，我看见了它！

它长得太帅了，简直是个奇迹——双腿蹦蹦跳跳，摇着尾巴，身上的毛发光滑明亮，真的太可爱了！而且，它正径直朝我快步走来！

看到它，我站在那儿完全僵住了，腿有些颤抖。我觉得我的舌头都要从嘴巴里掉出来了，所以我急忙缩回了舌头，希望它没有看到我的这副德行。我在心里暗示自己：冷静点，奔奔，帅狗先生正朝你走来呢！我漫不经心地坐在草地上，尽量让自己看起来优雅而冷酷——我竖起一只耳朵，耷拉着另一只耳朵，盯着一株雏菊看，好让自己看起来对它不感兴趣。

帅狗先生停在我面前，我能感觉到它在看着我，但是我并没有回头看它。因为我想：如果我回头看它，我的心脏可能会燃烧，或者我会晕倒，又或者我会教它如何做侧手翻之类的傻事。随后，它说话了，是对着我说话哟！

"你好！"

它的声音，让我的尾巴也颤抖了起来，我现在不得不抬起头看着它。

"哦！"我回应道。我想我这样回答会显得很酷——假装自己甚至都不知道它在那儿。"你是谁？我们认识吗？"

"啊，你是从英国来的吧？真矜持，真文静！"帅

狗先生在我面前的草地上伸了个懒腰，把一只耳朵甩到了脑后。（我的意思不是它的一只耳朵掉下来了，耳朵还好好地长在它的脑袋上。我的意思是它的那只耳朵很长，是那种能扇动的耳朵，当然它的另外一只耳朵也一样。）"你喜欢这里吗？"

"我刚到这儿，"我随意地回答道，"但是，这里看起来还不错！"

帅狗先生突然大笑起来："哈哈哈！'这里看起来还不错！'英国狗说话真有趣，好像你们要去倒一杯好茶，或者要去做一块美味的三明治似的。"

哼！它原来是在笑我说话的方式！我们俩就玩这个好了。"你们法国狗说起话来，就好像屁股里塞了法棍！"

你们知道帅狗先生听后是什么反应吗？它比之前笑得更厉害了。然后，我也觉得很有趣，哈哈大笑了起来，我们一起在草地上打滚，大声笑个不停。后来，我们坐了下来，好好聊了聊天。原来它不叫帅狗先生，它叫帕斯卡。（但我有时还是会叫它帅狗先生，因为它长得真的很帅！）

事实上，它没有很重的法国口音，因为正如帕斯卡所说，它有时说法语，有时说英语。它脖子上围着一条鲜红色的围巾，这让它看起来超级酷，也非常……呃……有法国味道。

帕斯卡领着我参观露营地，我们聊了又聊，就好像我们是认识了很久的朋友一样。我无法将目光从它身上移开，它是一条纯种猎犬，血统纯正，而我只是一条普通的混血狗。

好了，我其实也不是那么普通。你们知道的，我是有着爱钻洞的狗的脑袋的闪电腿小姐，世界上跑得最快、最勇敢、最聪明的狗。即便如此，这也是一条纯血猎犬！这有点像把一个普通的两条腿的人介绍给公爵，甚至国王。

想到这些后，我觉得我最好回到两条腿的人当中去，所以我和帕斯卡道别，还说希望我们能再见面之类的话。帕斯卡也说，希望我们能再见面；我说，我们很快就会再见面的。它说，对，我们很快就能再见面；于是我说，两分钟后怎么样？接着我们又一起大声笑个不停！

我一路小跑着去找我的家人，心里还在想着帅狗

帕斯卡先生。接着，我看到了另一条狗，它体形庞大，比帕斯卡还大，下巴像台挖掘机。它的旁边还有两条体形比它小的狗，它们正聊得火热。我都能听见它们在聊什么，因为我的耳朵很灵敏，能听清很细微的声音。我甚至能听见苍蝇在思考，至少我认为它们在思考，也许它们只是在刷牙。

"是啊，你们看到那些车了吗？"体形庞大的那条狗说。

"是的，我们看到那些车了。"体形中等的那条狗说。

"对，就是我们追过的那些车。"体形娇小的那条狗

点头表示赞同。

"我们不追那些车了，我们跳上去怎么样？我们可以用牙齿咬车，在车上留下大的牙齿印，用我们的爪子抓车里的东西。那一定很好玩！"

"呼噜噜，呼噜噜，呼噜噜，"体形中等的那条狗哈哈大笑，"对，很好玩！"

"为什么那会很好玩呢？"体形娇小的那条狗问。

体形中等的那条狗陷入了沉默，看了看体形庞大的那条狗。很明显，体形中等的那条狗也不知道为什么那会很好玩。体形庞大的那条狗冲着它们怒吼。

"因为那样的话，我们会在车上留下很深的痕迹，那些车主会很愤怒，他们会责怪某些孩子，或者其他的狗，而我们只需要坐在这儿旁观，哈哈大笑！"

然后，体形庞大的那条狗看到了我，它的耳朵立刻耸立了起来："哦！快看，那条漂亮的狗，它朝我们走过来了。"体形庞大的那条狗站起来，大摇大摆地朝我走来，另外两条狗跟在它身后。

"嘿，你好！宝贝儿！"它露出牙齿，笑着对我说。

"我才不是你的宝贝儿，"我对它说，"它们是你的

朋友吗?"

"没错,"体形中等的那条狗说,"我们是它的朋友,我们是一个帮派的,都是海盗犬。"

"我不是海盗犬,"体形娇小的那条狗说,"我是条外星犬。"

"不,你不是外星犬,你是海盗犬。"体形庞大的那条狗怒吼道。

"我真的是外星……海盗犬。"体形娇小的那条狗坚持说。

"我之后再找你算账。"体形庞大的那条狗发出嘶嘶声。然后再次转向我,冲着我露出了牙齿,笑着说:"我叫,"它骄傲地说,"巴尔巴罗萨,海盗犬首领。"它用鼻子指了指体形中等的那条狗和体形娇小的那条狗,"那是比什,那是博什,和我是一个黑帮的,你也加入我们吧?"

比什推了推巴尔巴罗萨:"我想我们是海盗犬帮派,不是黑帮。"

"我们是海盗犬黑帮,笨蛋!"海盗犬首领怒吼道。

"我是外星犬。"体形娇小的那条狗坚持说。

体形庞大的那条狗愤怒地瞪着体形娇小的那条狗。我对巴尔巴罗萨说："我不想加入你们的帮派。"听到我说的话后，体形庞大的那条狗立即将愤怒的目光转向我，嘴唇往后缩，露出了牙齿，它的牙齿很多，看起来也很尖锐，它接着说：

"如果你不加入我们的黑帮……"

"是海盗犬帮派。"比什插嘴道。

"如果你不加入我们的帮派，我们就不能保护你。"巴尔巴罗萨说。

"保护我什么？"我问。

"保护你不受黑帮的欺负。"海盗犬首领直接声明。

什么啊！我们似乎在兜圈子，我感觉头晕目眩。那三条狗都看着我，想知道我会怎么回应。当时我心里想：冷静，奔奔，冷静下来！

"我要想想看。"我说。

巴尔巴罗萨抬起它的大脑袋，说道："你可以想想，

宝贝儿，但你最好尽快想好，我给你两天时间。"然后，它转过头冲另外两条狗叫唤："好了，我们走！"

它们还没有走几步，体形娇小的那条狗博什，迅速跑回我身边，凑到我耳旁对我耳语。

你知道它说了什么吗？我这就告诉你，它对我说："它们是海盗犬，但我是外星犬，因为我不喜欢船。"

我以为它说完了，但它突然又把鼻孔对准我的耳朵，发出"咯咯咯……"的声音，我想它是要威胁我，但它发出的声音真的很甜美，就像一只长尾鹦鹉在我耳边说话似的。

好了，这有点像在冒险，不是吗？我多希望我没有遇见那些海盗犬，或者外星犬，或者其他什么犬！今天真是忙坏了！

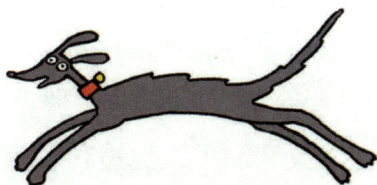

第 六 章

## 湿漉漉的冒险经历

不好了！特雷弗爸爸的高尔夫球杆不见了，所有的都消失了，它们就好像长了腿会逃跑似的，消失得一干二净。

"高尔夫球杆被偷走了！"特雷弗的爸爸怒吼道。

哼！到底是谁偷了那些旧高尔夫球杆呢？他们一定是要疯了，或者已经完全疯了。唉！要是他们偷了我吃饭的碗，我绝不会对他们客气。我连机会都不会给他们，因为我看到他们，就会大声吠叫——"汪！汪！""啊啊啊！"——然后咬他们的腿，这样他们就跑不掉了。

"我要去找露营地的主人克雷佩夫人投诉。"特雷弗的爸爸说。

"你觉得她会怎么说？"特雷弗的妈妈问。

特雷弗的爸爸被难倒了，他没有想过克雷佩夫人会怎样回答，我也没有想过。但他还是去投诉了，特雷弗也跟着一起去了。他们回来时，特雷弗的爸爸还是和之前一样烦躁，但是特雷弗却左右脚交替跳着，看起来是那么兴奋。

特雷弗的爸爸说，克雷佩夫人没有时间和他说话，她太忙了。特雷弗也说，是的，她太忙了，正忙着准备划船用的独木舟。

"她准备了十条独木舟，有一条上面没有人，我可以去吗，但是他们要求一定要有两个人坐在舟上，而且其中一个必须是成年人。我能去吗？如果能去，那就太好啦！"

"我和你去，"我吠叫着，"我和你去划独木舟，我喜欢独木舟，它们棒极了。它们长什么样？快告诉我独木舟是什么！能吃吗？"

特雷弗让我闭嘴，这很不礼貌，但我原谅他。"我要一个大人陪我去，"他重复说，"爸爸，拜托你了，陪我去吧!"

"我要去打高尔夫球,叫你妈妈陪你去!"特雷弗的爸爸咕哝着说。

"你不能打高尔夫球了,球杆不见了,再说,我又不会游泳。"特雷弗的妈妈回答道。

"你会游泳,妈妈,你经常在家里的游泳池里游泳。"

"那是游泳池,而且我的脚能够到池底,在河里可就不一样了,我不敢在河里游泳。"

哼!我觉得特雷弗的妈妈讲的话一点道理都没有。我敢肯定她敢在河里游泳。 特雷弗的妈妈看着特雷弗的爸爸。

"你带特雷弗去,"她接着说,"这会帮助你忘掉那些消失的高尔夫球杆。"

特雷弗非常激动。

"求你了,爸爸!这将是一次冒险,我们带着打包好午餐和其他所有东西。"

打包好的午餐?这个想法听起来让人越来越喜欢了。我真的很喜欢打包好的午餐,尤其是打开那些午餐的时候,我可以咬,再咬,享受美味的午餐!真的很

美味!

　　特雷弗的爸爸最后妥协了，说他会和特雷弗一起去划独木舟，甚至还同意带上我。真是太好了！所有人都必须穿上救生衣，除了我，因为他们没有给狗穿的救生衣。让我说的话，这没什么关系，我会游泳。大多数时候，我在水下可以像潜艇一样游泳。汪汪！哈哈！我刚才说的不过是个笑话而已。

　　就这样，特雷弗和他的爸爸穿好了救生衣，打包好的午餐被放到了一个蓝色的桶子里，桶盖是防水的，桶则被放在了小船中间。独木舟都是淡蓝色的，只有一

条是红色的，那条是领队的克雷佩夫人和她的女儿米尼的。

我想，她们爬上船，船就会下沉的，但船只是摇晃得厉害。她们戴着大大的太阳镜坐在船上，还冲着所有人微笑，好像是电影明星似的。我想米尼一定是用大画笔涂的口红，因为她的嘴唇看起来，就像在果酱厂发生了严重的事故一样——果酱沾满了她的嘴唇。

特雷弗的爸爸坐在船的后面，特雷弗坐在前面，我坐在蓝色的桶上，这样我就可以看护打包好的午餐。但是我不停地从桶上滑下来，所以我又坐在了特雷弗爸

爸的大腿上，还帮他咬住了桨的末端。他不喜欢我的帮助，我想，他觉得他能自己划，但实际上，他划得不好，因为他总是把船划向岸边。

"奔奔！不要咬船桨！听着，你为什么不去帮特雷弗呢？"

我想，这是个好主意，所以我匆忙爬到船的前面，坐到了特雷弗的大腿上。

"我看不到前面了，奔奔！把你的头侧到一边去！"

我说，我能看到前面，我们正划向克雷佩夫人和米

尼坐的那条红色的独木舟。

不，该死！嗖嗖嗖，噗噗噗！扑通！

红色的独木舟被撞出了一个洞，水很快漫进舟里，但是克雷佩夫人和米尼还在拼命地划桨。真是太搞笑了！可是，我想，她们一点也不觉得这很搞笑。她们正在逐渐下沉，直到水要淹到她们的肩膀时，她们还在竭尽全力地划桨。红色的独木舟不见了，它已经沉到河里了。

克雷佩夫人抓住了我们的独木舟的前端，试图获

救，但她太用力了，我们的也翻了。这下我们都掉进了河里，开始用力拍打水面，溅起水花并大声喊叫。（而我，拼命吠叫，尽管对我来说，这一切真是太好玩了！）

　　另外几条独木舟划过来救我们，我用力爬上了其中一条。但当我用爪子抓住船的一侧时，他们的独木舟和我们的一样也被翻了个底朝天，舟里的人也都掉进了河里。我游向另外一条独木舟时，舟里的人，冲我大叫，还用试图用桨推开我。那条独木舟晃动得很厉害，最后也翻了，真是活该！好在大家都穿了救生衣。（而我，因为我是狗，是世界上最会游泳的狗，就不用穿救生衣啦！）

　　我们九个现在都在河里扭动挣扎，又喊又叫。岸上的人都匆忙跑过来，大声指导我们自救。有人丢了一个救生圈到水里，但救生圈撞上了一条还漂浮在水面上的独木舟，那条独木舟被撞出了一个大洞，现在它也开始下沉了。舟上的人掉进河里时，迅速抓住旁边那条独木舟。就这样，那条也翻了，现在总共有十六个人掉进了河里。（我想有一些人是自己跳进河里的，他们想看看河水是什么样的。）

接着，糟糕的事情发生了！我看到那个装着我们打包好的午餐的蓝色的桶顺着河水漂走了。哦，不！我想我一定要救我们的午餐，于是我立即去追赶。我想，我一定要成为英雄，救出所有打包好的午餐，把它们从比被吃掉更糟糕的命运中解救出来。毕竟，没有谁想被淹死，即便是三明治！我要做一条超级英雄狗！

我开始了我的救援工作。

在那之后，我不清楚这里发生了什么。因为我在追我们的午餐时，在一个转弯处消失了，和

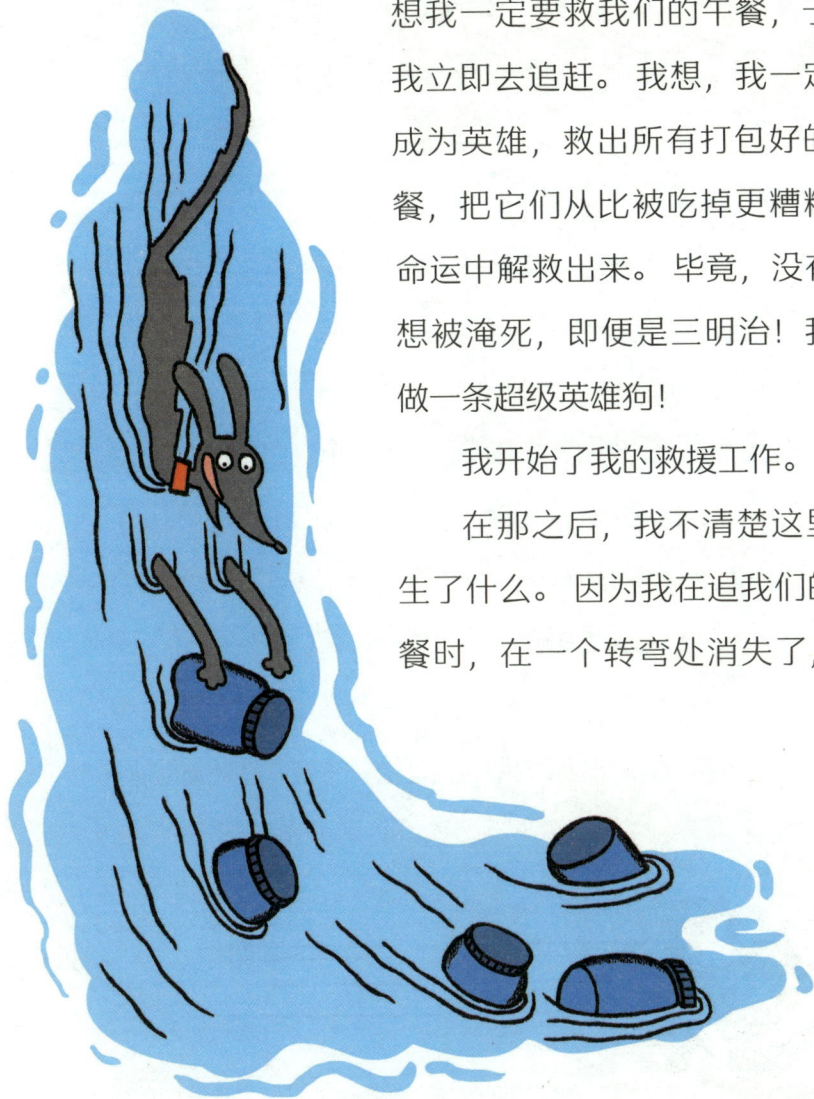

大家分散了。最后，我不得不放弃追赶桶，因为我一个也抓不住，所以我只能放弃，看着它们越漂越远，直到最后消失不见。好吧，我们怎么也吃不到那些午餐了。我想，当这些桶出现在河下游的人们的面前时，他们一定很开心，他们打开桶，就能发现这些三明治和法棍面包，他们可能会边吃边感叹："好吃好吃，哦哦，啦啦，免费的食物！"人生有时并不公平！

我从水里出来后回到了露营地，就在这时，我发现整个地方的人都激动无比。天哪！这是发生争执了吗！克雷佩夫人手里拿着一个煎锅和一个平底锅追赶着特雷弗的爸爸，用法语冲着他大喊。我不知道她在说什么，但能听得出来，她说的话不怎么动听。米尼也在那儿，手里拿着一个巨大的打蛋器，在特雷弗面前呼

呼挥舞着。

"那不是我的错！"特雷弗的爸爸大叫，"是我们家那条讨厌的狗的错！它总是闯祸！"

我？讨厌的狗？他怎么能这么说我？我不怕麻烦帮他划独木舟，还竭尽全力去救三明治。没有一个人做出过这样的努力，我想超人都会嫌麻烦的。我应该得到一枚奖章，而不是被骂。

接着，特雷弗的爸爸开始说起他的高尔夫球杆消失的事情，说是露营地里的人偷了它们，他问夫人，对这件事后续会如何处置。夫人说她根本不在乎他那些破高尔夫球杆，而且他还把她最好的独木舟弄沉了，谁去把独木舟从河里拖出来修理好呢？况且，这可不是跟未来的电影明星说话的方式。

"有一天，我会成为名人的，到时，你会乞求我的同情和原谅。但是，我会理睬你们吗？！呸！不会，不会，肯定不会。"

（不管怎样，她们也成不了电影明星，除非她们在电影里扮演摇摇晃晃的庞然大物，即使是扮演那样的角色，她们最好也要减减肥。）

　　与此同时，另外那些去划独木舟的人都跳来跳去的，好像他们鞋里有会发出咔嗒声的螃蟹，他们大声说着他们掉进河里，丢了三明治的事情，他们都想退钱离开这里。

　　但是，也有一件好事情，特雷弗突然成了一个英雄。我在努力打捞那些打包好的午餐的时候，特雷弗救了一个女孩。她当时在河里打转，吓得直哭。特雷弗把她救上了岸，这给女孩的父母留下了深刻的印象，不停地夸他是个好孩子。当然，那个女孩更是崇拜他！是的，那个女孩看着特雷弗时，就像在看一块世界上最大的巧克力。

　　这里真的太嘈杂了，我不知道要去干什么。所以

我到处跑，试图做出决定，但你肯定猜不到发生了什么，所以我就直接告诉你吧。我又看到了帕斯卡。是的！你猜还有什么，知道帕斯卡在照顾谁吗？埃米莉！就是特雷弗救的那个女孩，还有她的父母！（人们总以为是他们在照顾宠物。其实不然！是我们在照顾他们，以后请记住这一点。）

总之，我像一架要打破世界喷气式飞机速度纪录的喷气式飞机一样，飞快地向帕斯卡跑去，但就在快到它跟前时，我想我最好还是优雅淑女一点，于是我马上减慢了速度。

帕斯卡当然想知道发生了什么，于是我一五一十地告诉了它，特别是我如何救大家，把他们拖上岸的故事。好吧，我讲的故事是有点夸张，但如果不是要忙着去救打包好的午餐，救他们的就是我了。人做事必须分轻重缓急。

"你真勇敢！"帕斯卡在我耳边低声喃喃道，"就像那个和海龙作战的公主！"

它说的话让我感到脸红！（但是我想它并没有注意到，真是谢天谢地！还好我全身都是黑色的，即使脸红

了，也看不出来。）

我还告诉了它高尔夫球杆被偷的事情，它听后一直在感慨人们为什么要打高尔夫球。我附和道："我也不明白！"我们就像一个豆荚里的两粒豌豆，长得一模一样，除了我们的颜色不是绿色的。我们的身材一样，体形一样，身上的肉也一样可以食用。你懂我的意思，对吗？

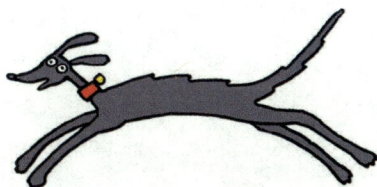

## 第七章
# 我变成了一个国际通缉犯

　　小偷又作案了！这一次，他们偷走了一个露营者的新拖车，拖车里存放着他所有的假日装备。他们还在埃米莉父母的帐篷外面偷走了一套非常昂贵的烧烤架，包括帕斯卡吃东西的狗碗！他们竟然这么大胆！

　　帕斯卡因此感到十分屈辱，也非常难过。它自责说，自己本应该听到小偷的动静的，如果听到了，它一定咬掉他们的腿。汪汪，汪汪！啊啊啊！

　　"没错，"我安慰道，"我本来可以帮你的，我们可以一人一条腿。"

　　但它没有被我逗笑。事实上，它非常沮丧，我不得不握住它的爪子，舔舔它的耳朵，以此来安慰它。

（它喜欢我这样对它。）

不管怎么说，露营地里到处都是小偷，这可一点也不好玩。他们接下来会偷什么呢？他们可能会偷我们漂亮的大篷车，那辆银色的大篷车！他们可能会绑架特雷弗的爸妈，还有特雷弗。或者，他们说不定会偷走我用来吃东西的狗碗——那将是一场特大灾难！

我要告诉你的是——他们偷什么会让我感到很高兴——偷克雷佩夫人和米尼的东西。她们一直在抱怨，对每个人都说三道四，对我尤其不好。就在今天早上，我吃掉了她们的比萨，她们因此对我大发脾气。她们不应该把比萨放在房子外面的桌子上，对吧？把比萨放在那儿，她们真是笨死了！比萨唯一该待的地方就是你的嘴巴里，或者我的嘴巴里。所以，我才把比萨吃了的，但是她们却冲我大叫，于是我也冲她们吠叫。

听到了我的叫声，帕斯卡就跑过来救我。"它真是太勇敢、太帅了！"它飞奔到我身边，那双大耳朵咚咚作响地晃动着。

"发生什么事了？"

我告诉它那两个克雷佩是怎么对我的，然后，它也

开始冲她们吠叫。就在那个时候，克雷佩夫人急忙冲进屋子里，然后手里拿着一个我从未见过的、大得出奇的煎锅又返回来了，那锅大得可以煎河马。米尼·克雷佩跟在她妈妈后面，一只手挥舞着一个巨大的洋葱，另一只手挥舞着一把胡萝卜，也许她们打算把我们做成一道炖菜。

她们直接冲向我们啦！

那架势真有点吓人，所以我和帕斯卡逃跑了。夫人和米尼追在我们身后，她们大声叫喊、辱骂我们。因为我不会说法语，所以不能告诉你们，她们是怎么辱

骂我们的。（我想她们的话肯定很难听。）我们也冲着她
们吠叫，然后克雷佩夫人开始大叫："巴尔巴罗萨！巴
尔巴罗萨！咬死它们！"

真的，我要告诉你，
那真的让我感到惊讶！
巴尔巴罗萨就领着比什和
博什在我们身后跳跃和吠
叫，汪汪汪！似乎一切都
在对着我和帕斯卡大叫，
就连树木、鸟儿和天空也
不例外。

很快，帐篷外面、大篷车外面、房车外面都站满了
露营者，他们旁观着这场追逐战。海
盗犬们的吠叫声吵死人。是的！没

错！我们听到你们的吠叫声了，愚蠢的海盗犬！

巴尔巴罗萨边追我们边大声叫喊道："要是你们加入我们，我就可以保护你们。现在我要用我超大的下颌和尖锐的牙齿吃了你们，我会非常享受这个过程的。"

它一边说，一边全速奔跑，喘着粗气，追逐了我们很久。

"要是（吁吁急喘）你们（步子笨重）加入了我们（吁吁急喘，再次吁吁急喘）我们（脚步声咚咚响），我会（吁吁急喘）会（步子笨重），全力保护（吁吁急

喘，再次吁吁急喘，还是吁吁急喘）你们。"它说了以
上等等之类话，你可以想象一下那个画面。

现在麻烦是这样的：三条狗和两个称得上庞然大物
的人在追我们，而我们只是两条狗。我还好，因为我
可以像一阵风一样和另一阵风赛跑并获胜，但是帕斯卡
跑得就没那么快了，它是一条猎犬，所以它被类似尊严
这种东西拖慢脚步。（我可没有。）还有，它有一对超
级大的耳朵，跑步时那对耳朵会像刹车一样拖慢它的

速度。

接着，更糟糕的事情发生了，有人报了警，两条腿的警察过来了。（后来，我们才知道，是丢拖车的人报的警。）我想那些长着警察腿的人一定喜欢追逐人（还有狗），因为他们现在正是这么做的。他们从蓝色的警车上跳下来，吹着口哨，朝我们猛冲过来。我想，他们一定认为我们俩是小偷，但是两条狗为什么要偷拖车呢，我想不通。

不管怎样，我们真的很难逃脱，因为到处都是人，无论我们跑到哪里，都会有人或东西挡住我们的去路。我们在帐篷周围奔跑，在帐篷之间穿梭、跳跃着。我们钻进大篷车底下，又从另一边冲出来。实际上，我们就像历史上最厉害的特技狗一样厉害，真的!

当然，这也意味着有不少帐篷被压扁或者撞倒，甚至有些被撞得完全倒塌了。事实上，这有点像前一天那些独木舟沉没时的场景，只不过这次倾覆的是帐篷。

帐篷里的人当然很不高兴。他们不得不努力钻出帐篷，身上还沾着帐篷碎片——就这样加入追逐我们的行列当中。我们被巨大的拍打着翅膀的怪物追逐时，露营者们在努力从帐篷里钻出来，但他们却被绳索和帆布布料缠身，手臂和腿被缠得更厉害。

我像一辆有猎豹腿的法拉利一样飞驰时，一个巨大的燃烧着的烧烤架出现在了我的正前方，而且上面正在烤东西!

我不得不像你能想到的最大的庞然大物一样跳起来，此时烧烤架上的火焰正噼里啪啦地响着。我纵身一跃——看到了吗，我飞起来了，我说过我会飞的——直接飞过了烧烤架，我甚至还顺手偷了一根香肠，但是，哎哟！它太烫了，掉在了地上，所以我不得不停下，把它捡起来。

那真的很有趣，但是，突然间，我和帕斯卡发现我们被包围了，然后我们就被捕了，整个事情就是这样。

克雷佩夫人非常生气，她朝警察大喊，告诉他们，我们就是罪犯。我一直努力解释，那不是我们的错，是她，她才是罪魁祸首，

是她先拿着煎锅和胡萝卜追我们，这一切才发生的。我的意思是，我们不跑又能干什么呢？我们不能只是坐在那儿，等着别人用大洋葱砸我们，对吧？

当然，那些长着警察腿的人以为我们只是在汪汪吠叫。他们围着我们，把我们和我们的主人都带到了警察局。帕斯卡现在变得特别焦虑，因为它生平还没有去过警察局呢！我告诉它这没什么可担心的。

"我曾经被抓过，"我毫无保留地告诉它，"真的没什么，只是小题大做而已。"

帕斯卡颇为惊讶地看了我一眼。"你被抓……抓捕过？"它问。（我喜欢它说话的口音！）

"没错！被抓捕过一两次，也可能是三次。"

帕斯卡盯着我看了很长时间。"难道你是国际通缉犯？"它问。

听到它那样说，我哈哈大声笑。"当然不是国际通缉犯！只是有时我会遇到一些麻烦，然后……"我停了下来没有再往下说。

这部分不好解释，你必须亲身经历过才能理解。"我遇到了一些麻烦，然后就被抓了。"我瞥了帕斯卡一眼，鼓励它说："你知道两条腿的人是什么样的吗？他们什么都不懂，不管他们做什么，总是搞砸一切！搞砸事情的原因，最终也总是算到我们头上。"

帕斯卡对此深有体会。

克雷佩夫人和米尼也来到了警察局，然后喋喋不休地发了一长串牢骚。老实说，我还以为她们会一直唠叨个不停。我想，如果她们还继续唠叨下去，我们就要待在警察局过圣诞节了。

然后，特雷弗的爸爸接受了询问，他反驳说，露营地发生的事比两条笨狗惹出的麻烦要严重得多。

他竟然说我们是笨狗???！！！

我要教训他，给他一个大耳光。我说："听着，伙计！我们不是笨狗，相反，我们超级聪明，就像爱钻洞的狗一样聪明。比如，我能把我的后脚伸到耳朵里，你肯定做不到，对吧？来吧，你试试！说我们是笨狗，是吗？你真够大胆的！"

但是，就像我之前说的一样，那些两条腿的人，根本听不懂我说的话。

特雷弗的爸爸对长着警察腿的人说，他们应该去

调查被偷走的高尔夫球杆，更不用说还有被偷走的拖车和埃米莉父母的烧烤架了。就连帕斯卡也加入进来，质问警察是否调查了它那只被偷走的狗碗。与此同时，克雷佩夫人和米尼怒视着每个人，气得直喘粗气，然后，交叉双臂，又张开双臂，又再次交叉双臂。

长着两条腿的警察不得不释放我们，但在我们离开前，给了我们警示。那些警示的话是用法语说的，所以我根本听不懂，帕斯卡帮我翻译了那些话。

"他们说，如果我们还那样到处乱撞，就会被关进没有钥匙的笼子里。"

我点了点头。"看！我告诉过你，那些长着两条腿的警察只会大惊小怪！"

"我想我们这下惹麻烦了。"我心目中的英雄摇了摇头，低声说。

我更加使劲地摇了摇头："我们又没做错什么，帕斯卡。那些帐篷又不只是我们的责任，巴尔巴罗萨做得比我们更糟糕，还有那些长着警察腿的人，他们也踩了那些帐篷。"

就在这时，我们俩被分开了。埃米莉的妈妈抱走了它。然后，特雷弗的爸爸抱起我，把我塞进了小汽车里。我想他一定在想其他什么事情，因为他竟然让我坐在了前排副驾驶的位置上。哇哦！这可是第一次。我坐直了身子，骄傲地盯着前风挡玻璃。特雷弗的爸爸从另一侧上了车。

不一会儿，有人重重地敲了敲车窗玻璃，特雷弗的爸爸摇下车窗。一个长着警察腿的人走了过来，他皱着龙卷风大小的眉头。

"你被捕了，原因是你让狗开车！"他严肃地说。

"我没有让狗开车。"特雷弗的爸爸说。

"我的天哪！没错！它真的在开车，嗬！"那个长

着警察腿的人指着我说。

特雷弗的爸爸直视着警察的眼睛。"我的狗没有开车！"他重复道，"首先，我们还没有发动汽车；其次，我的狗不会开车；第三，这是一辆英国车，驾驶员的座位在车辆右侧的方向盘后面，也就是我现在坐的位置。如果你有眼睛，你可以看得很清楚，无用的傻瓜！我的狗坐的是乘客的座位。"

我想，要是特雷弗的爸爸没有说长着警察腿的人是无用的傻瓜，可能就不会发生后面的事情了。然而，不幸的是，他这样说了，所以我们又一次被捕了。

希望我们尽快被释放！

第 八 章

# 我们成了侦探

这个长着警察腿的可怜人！其他长着警察腿的人都在嘲笑他，因为他以为是我在开车。他羞愧难当，所以就释放了我们。我们回到了停放大篷车的地方。到达时，我看见了巴尔巴罗萨和它的海盗犬帮派的成员在角落里等着我。它们悠闲地走过来迎接我，若无其事地坐在大篷车旁边，仿佛什么都没发生过一样，于是我也坐了下来。我们可以玩玩等待游戏，这很简单！就这样，巴尔巴罗萨看着我，我也看着它。无聊地打着哈欠，一个，两个！

"你跑得很快。"最终，巴尔巴罗萨打破了沉默。

"我闪电腿小姐的称号可不是浪得虚名的！"我回

答道。

"我可没听过有人叫你闪电腿小姐。"巴尔巴罗萨说。

"那是因为，我告诉过你，没有人叫我闪电腿小姐。"然后，我哈哈大笑，让它感觉到：

第一，我在开玩笑。

第二，我不怕它，什么都不怕，连死都不怕。（尽管我很害怕死亡，但是我不能告诉任何人这一点。我的意思是，死亡是终点，不是吗？死了就不能再吃馅饼和香肠了！）

巴尔巴罗萨再次陷入了沉默，它转过头，盯着那华丽的银色大篷车看："这是你的两条腿的人住的地方？"

我点了点头。

"是大篷车吗？"它问，我又点了点头。

"看起来像个饼干桶，那说明你是块饼干。"

比什哼了一声。"没错！"它说，"你是个笨蛋！"

"但我是外星犬！"博什坚持说，很明显它没理解前面的对话。

"没有人问你。"巴尔巴罗萨吐了口唾沫。之后又转头对我说："你应该加入我们的黑帮！"它咆哮着吼道。

"我才不加入呢！这就是霸凌组织。"

巴尔巴罗萨站起来，咆哮得更大声了。"你的意思是说我是恶霸吗？"它威胁道。我懒得回应它，最后它又坐了下来。

"你的那个朋友……"它皱着眉头问，"它是你的朋友，对吗？"

"可能吧。"我说。

"我的牙齿比它的大，"巴尔巴罗萨说，"而且我也比它更强壮。"

"是的！"比什表示赞同，"你知道那些独木舟吗？它上周把其中一条咬成了两半。"

"为什么要咬？"我问。

"只是为了证明我很厉害，所以我就那样做了。"巴尔巴罗萨吹嘘道。

"是我说你厉害的，不是吗？"比什哈哈大笑，"我说你能咬碎那条独木舟，然后你就做到了，就一口，'砰！'奇迹就出现了！"

"那真是了不起！"我点了点头，"我想那些两条腿的人肯定需要能把独木舟咬成两半的狗。"

"听你的意思，我怎么感觉你是在骂我是傻瓜呢？"巴尔巴罗萨生气地说。

我对着它纯真地微微一笑，摇了摇头。"我没有这样说的必要。"我说。

这条海盗犬站起身，看着我。"你最好告诉你那个耳朵耷拉着的朋友，小心点！"他警告道。

"小心什么？"我问。

"我在夜里吠叫的声音。"巴尔巴罗萨低声咕哝着，"我们走，海盗犬们！"

它踱着步子走了，比什很快跟了上去。博什看着我，张了张嘴。

"我知道，你是外星犬。"我马上说。博什开心地小声吠叫了一声，然后跟着另外两条狗快速离开了。

唉！这都发生了些什么事啊！巴尔巴罗萨想邀请我加入它的帮派，至少我现在是安全的，它现在不会伤害我，但它可能会伤害帕斯卡。

无论如何，还有其他更烦人的事情。比如，谁偷走了露营地里的东西，它们接下来会偷什么？是时候查明真相了，我现在真正需要的是一条猎犬的帮助。你猜怎么着？我恰好认识一条猎犬！我真是太幸运啦！哈哈哈！

是时候变身侦探了。克雷佩夫人和米尼迄今为止所做的事情只是气得直喘粗气，长着警察腿的人逮捕过（当然是搞错了！）帕斯卡和我之后，也懒得回到营地展开进一步调查了。

所以，我小跑着离开这里，去找我那嗅觉灵敏的朋友。我决定马上就开始侦查工作，心情非常急切。事实上，我可谓是心急火燎，去帕斯卡的帐篷的途中，我只停下来了两次。第一次是因为，有人在露营地里丢了一个几乎没吃过的汉堡；第二次是因为，我吃汉堡时，发现汉堡还在！如果你要问我，汉堡美味吗？我的

回答是，那是当然的啦！

到达帕斯卡的帐篷时，它对我说的第一句话是："闪电腿小姐，你的下巴上有芥末。"

我一时感到十分尴尬，我马上舔掉了芥末，这让我想起了那个汉堡，也想起了汉堡上的面包，我的脸上绽放了灿烂的笑容。

我对帕斯卡说，它是一条猎犬。

"我当然知道我是猎犬。"它回答道。

"我知道你知道这一点，但是，请听我说，猎犬很擅长找东西，不是吗？"

帕斯卡点了点头，说："是的，没错。怎么啦？你丢东西啦？是弹珠吗？"它突然开始大笑，脸上松弛的皮肤都颤动了起来，它的耳朵像大而肥厚的叶子在狂风中摇曳，它的笑声听起来像番茄酱咕噜咕噜流进下水道时的声音。它疯疯癫癫的样子也很帅！

"你真是太好笑了！"我对它说，"我想到了一个计划，我们一定要找到所有被偷的东西。因为你是猎犬，所以这应该不难。我能跑得比猎豹快，比法拉利快，比火箭快，甚至跑得赢比火箭还快的东西！"

"可是，你为什么要跑那么快啊？"帕斯卡问。

"当然是跑去告诉所有人我们找到小偷了啊！他们想知道真相，要是我告诉他们真相，他们就会认为我们很聪明，然后轻拍我们，还表扬我们说：'真是好狗狗！'接着，他们会给我们颁发奖章，奖励我们吃大比萨。美味！太美味了！"

"嗯……你说得对，他们会表扬我们是好狗狗。现在他们觉得我们是坏狗狗，我不喜欢这种糟糕的感觉。所以，我们要找到那些宝贝，这样，所有人都会感到快乐。"

"没错！我们开始吧！"

"不急，我先给你看点东西。"帕斯卡说。它把我领到它家的帐篷前，从门口往里看，它说："嘘，别出声！"

所以我没有出声，也往里面看去，你根本想象不到我看到了什么。两条腿的特雷弗竟然在帐篷里，我一直都在想他去了哪里，他竟然在埃米莉家的帐篷

里，和埃米莉在一起！他们坐在一个倒置的箱子上。埃米莉手里拿着一本书，她在读书给特雷弗听，还用手指指着书上的内容。

"她那是在干什么？"我轻声对帕斯卡说。

"在教特雷弗法语。"它轻声回答，"她教他法语单词，然后让他读，你看！如果特雷弗读对了，就会得到奖励。"

现在，我知道特雷弗这段时间都去哪儿了。他在学习法语，我相信他会是个好学生。然后，我和帕斯

卡就去寻找被偷走的东西了。

我们到处找——上上下下，前前后后，能想到的地方都找了个遍，但是什么都没有发现。我们去了放独木舟的小屋，去了露营地里所有的帐篷，还有每一辆大篷车和房车，但什么也没有发现。

帕斯卡在一片草地周围嗅来嗅去。我根本看不到它前面有什么东西，但它就站在那儿，头不停地动，鼻子不停地嗅。我就想，如果这就是猎犬的拿手好戏，任何狗狗都能做得到的。我也能不停地做嗅的动作，

没有任何问题。

"我在嗅东西，"它说，"我嗅到这里有东西。"

啊哈！原来帕斯卡不是在嗅草！它嗅到了别的东西的味道，所以我小跑过去和它一起嗅。我嗅了一下，感觉鼻子里的每根神经都被激活了，就好像它们刚刚参加了有史以来最棒的派对！

"帕斯卡！你知道我嗅到了什么吗？是烤香肠的味道！"

"当然，还有我喜欢的'petite champignon'！你真是太聪明了！"

"petite champignon？那是什么呀？"

"就是小蘑菇！"帕斯卡咯咯地笑了起来，眼睛闪闪发亮。

我想，这条法国猎犬可能疯了，但帕斯卡又开始边用鼻子贴着地面嗅，边往前走了。我跟在它后面小跑着，脸上露出崇拜的神情。它真的太聪明了，也太帅了！我之前跟你们讲过吗？它真的就是那样的狗！

最后，我们来到了一个高高的树篱前，之后又沿着树篱走到了几扇大木门前。这就是"香肠"小路的尽头。当然，大木门被锁上了，我们无法进去。

"我们回到树篱那里吧，看看能不能悄悄钻进去。"

"好主意！我的 petite choui-fleur。"

我的心一沉，这次说的话又是什么意思呢？"petite choui-fleur 是什么意思？"我问。

"就是小花椰菜的意思。"

"我不是小花椰菜也不是小蘑菇！"我冲着帕斯卡大叫，它只是冲着我咧嘴笑。

"只是个昵称而已！"它轻声说道。

哼！竟敢说我是小花椰菜！我要告诉它，它是颗又大又肥的卷心菜，脑袋里全是蔬菜。不管怎么说，我在树篱下找到了一点空隙，我想我能钻进去，结果也正如我预想的一样。但是帕斯卡体形比我大，身材也更粗壮，它那巨大的耳朵卡到了树枝上，钻不进来。

"那你就待在外面吧。"我说，"我到处看看，然后回来跟你讲。"

"小心点，小花椰菜！"它低声说。我又一次听到了番茄酱咕噜咕噜流进下水道的声音。

我刚抬起头看，你猜我看到了什么。拖车！旁边

是烧烤架！我没有看到特雷弗爸爸的高尔夫球杆，也没有看到帕斯卡的狗碗，我想也许它们被放在了拖车里。然后，我试着弄明白我在露营地的什么地方。你永远也猜不到我在什么地方，所以，还是让我告诉你吧！

## 第九章

## 一桶水和骇人听闻的事情

我在克雷佩夫人家后面的花园里！我要告诉你，这让我感到无比惊讶！就算有一辆满载着馅饼的货车在我面前爆炸，所有馅饼都直接冲进我的嘴里，我一吃再吃，还感叹"美味！真美味！"，我也不会感到更惊讶了！

当我还愣在原地沉浸在震惊和惊讶中时，米尼·克雷佩从屋里走出来看见了我。

"啊啊！妈妈，那条可怕的狗在花园里。"她大声尖叫起来。

我四处看，想找到那条可怕的狗，但怎么也没找到。这时，我才意识到米尼·克雷佩说的其实是我！

我！！竟然把我叫作可怕的狗？我才不是呢！我直截了当地对她说："听着，伙计！如果要说这里有可怕的东西，那一定是你和你妈妈，你们总是对所有人大喊大叫，盛气凌人，老指挥我们干这干那。我还没说煎锅和胡萝卜的事呢，但现在我已经没时间说这些了。"

我正在对着她说话时，克雷佩夫人从房子里冲了出来，她围着围裙，再次对我挥舞着厨房的厨具，我觉得她一定对平底锅之类的厨具有特殊的喜好。不仅如此，巴尔巴罗萨也和她一起冲了出来，我早该知道会这样的。

巴尔巴罗萨甚至都没有停下来跟我打招呼，就径直

朝我冲了过来,狂吠不止,嘴巴张得老大。它的嘴巴是那么大,仿佛能吞下一头大象。我知道它想邀请我加入它的帮派,但想法是会变的,我可不想冒险面对它那锋利的獠牙。于是,我迅速跑回树篱边,溜了出去。

片刻后,我听到了一声巨响,还有巴尔巴罗萨惊恐的叫声,它撞上树篱了。紧接着,克雷佩夫人愤怒地尖叫起来,同时一只大平底锅从树篱的顶部飞了过来,然后落在了在我面前的草地上,幸好没有砸到我。

我本以为巴尔巴罗萨能很轻易地从树篱下溜出来,但它没有,也许它太大只了。总之,帕斯卡看了我一眼,马上明白了情况。

"遇到麻烦了！"它嘟囔着，我点了点头。我们迅速逃到露营地的游乐区，躲在了木头滑梯下。帕斯卡一屁股坐在地上，皱着眉头看着我。

"倒豆子。"它咆哮道。

"什么豆子？"我问，"我没有豆子，此外，我讨厌听你说蔬菜，首先是蘑菇，然后是花椰菜，现在又是豆子。"

"公主，"它微笑着说，"倒豆子的意思是请告诉我发生的一切。"

我跟帕斯卡说，我看到了拖车、烧烤架、巴尔巴罗萨和克雷佩夫人家的房子。

"所以她是小偷？"帕斯卡面色严肃地低声道。

"对，你说得没错，我又大又肥的卷心菜！克雷佩夫人和她的女儿就是偷东西的人！现在我们必须告诉所有人，这样，那些长着警察腿的人就可以逮捕她们了！"

然后我又跟它说，它真是太聪明了，能够嗅出烤香肠的味道，一路追踪到花园。接着，它说我很勇敢，能够从树篱下面钻进去，面对怪物。"就像真正的公主一样。"它补充道，我感觉自己眼冒金星，心脏激动得快要爆炸了，幸好我挺住了。

我们小心翼翼地从木头滑梯下走出来，幸好没有看到克雷佩夫人和巴尔巴罗萨那一伙人。然后，我们动身前往银色大篷车，刚到那儿，就发现特雷弗的爸妈要出去。

"你到哪儿去了？"特雷弗的爸爸问，"我们到处找你呢！"

我坐在那里对他说，要是他去克雷佩夫人的花园搜寻，或许能找到他的高尔夫球杆。当然，他听不懂我说的话，连一声汪汪都听不懂。那些两条腿的人真是大自然历史上最无用的东西。事实上，如果有愚蠢之物博物馆的话，那些两条腿的人一定会成为最大的展出品。

"我们要出去了，"特雷弗的爸爸说，"去镇上买点吃的，特雷弗和埃米莉在玩水滑梯。我们不会出去太久，你要好好表现！"

我盯着他看。让我好好表现？他把我当成什么了？超级罪犯恶棍狗吗？我大为震惊。我抬头看了看

帕斯卡，对它说："现在，你知道我每天都要忍受什么了吧？"

帕斯卡明智地点了点头，它真是我最好的支持者。不管怎么说，我们一定不能让他们走，帕斯卡在大篷车门前伸展身体挡住了去路。这样，他们必须跨过它才能离开，而且这样我才有机会将有关克雷佩夫人和被偷走的东西的事情告诉他们。

"所以你必须给长了警察腿的人打电话，告诉他们这些，然后他们就可以来露营地抓捕克雷佩夫人和米妮，把她们关进监狱。"我解释道。

就在这时，特雷弗的妈妈朝我们泼了一桶水，水花和桶一起落到了我头上。我眼前一片漆黑，什么也看不见了，我只听到了一阵乱哄哄的声音和帕斯卡的呻吟声，然后一切又安静下来了。当我把水桶从头上拿下来时，特雷弗的爸妈已经离开了，只剩下大篷车地板上的一个大水坑，以及坑里一个比之前更大的湿漉漉的棕色毛发堆，看上去非常可怜。

"我湿透了。"帕斯卡说，好像我没有看到似的。它站了起来，抖了抖身子。你经历过雨季吗？我以前

没有，直到帕斯卡试图用干身体，这才让我经历了一次，这下我们都湿透了。

我正想抱怨，特雷弗和埃米莉来了。 他们穿着泳装，身上裹着浴巾。 特雷弗满脸怒气，而埃米莉却开心地在他身旁小跑着。

特雷弗质问道："你们俩在干什么？ 打水仗吗？"

我也想问他同样的问题，因为和我们一样，他们似乎也湿透了。 他们走进大篷车擦干身子，我们也跟了进去。 我试着再次解释有关克雷佩夫人的事情。 我甚至使出了我最拿手的用耳朵做的"手语"，但特雷弗太迟钝了，他怎么也听不懂我说的话。

后来，埃米莉说她饿了，特雷弗就去厨房做了一些三明治之类的东西。我说我也饿了，帕斯卡也说它饿了，但特雷弗没有给我们做三明治。这是他一贯的风格——完全无视我们，我们就像空气一样。

大篷车的门砰的一声关上了，我以为是风，但事实并非如此。因为接下来，大篷车晃动了一下，就像发生了一场小型的地震，就在我们面面相觑，不知道发生了什么的时候，大篷车动了起来。没错，它真的动了。

事实上，大篷车不仅在动，还在行驶。嘿！我们正在被拖离停放大篷车的地方。有人在拉大篷车，但绝对不是特雷弗的爸妈，因为他们已经开车去镇上了。

特雷弗慌忙跑到大篷车前面的窗户边往外看，然后转过身，看着我们，他的脸白得像一碗牛奶。

他喊道："是克雷佩夫人！她在偷大篷车，我们被绑架了。"

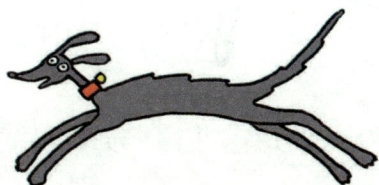

## 第十章
## 一切都异常激动人心

　　特雷弗说得没错，克雷佩夫人在偷银色大篷车。她也许不知道我们在大篷车里，但现实恰好相反。现在，银色大篷车一路颠簸着，我们滑溜溜地从这边滑到另一边。大篷车里的东西都没有被固定好，桌子上的塑料盘子掉了下来，在地板上"溜达"；平底锅从炉子上掉了下来；衣柜的门砰的一声打开了，里面的衬衫、裙子、袜子、短裤和内裤都掉了出来，散落在房间各处。

　　为了能在一个地方站稳，帕斯卡躺在地板上摊开身体找平衡，但这样做并没有起作用。当我们急转弯时，帕斯卡像一架坠毁在大篷车里的、奇怪的、毛茸茸的飞机，到处滑动。

"快想办法，特雷弗！"埃米莉哭喊着，"你一定要救救我们！"

我想，没错，两条腿的特雷弗。救救我们，快想办法，那是一个好主意。

紧接着，他果真想到了一个办法。

"我的手机！"他大声喊，"快，埃米莉，法国的报警电话是多少？"

"1-1-2！不，等等，是 1-2-3，1-2-2，还是 2-1-1！我不知道！我记不清了！"

哼！女孩子真没用。等等，我也是女孩子，所以我们也不是那么没用。事实上，我非常聪明，不仅可以把后脚塞进耳朵里，还可以同时吃冰激凌和烤牛肉！啊哈！我敢打赌你做不到。

"我想你第一次说的是对的，"特雷弗说，"我拨打 1-1-2。"

打通了！

"是警察局吗？你能听懂英语吗？你能听懂？哈哈，太好了！我们被困在一辆被偷走的大篷车里了，也就是被绑架了，我们现在正驶离露营地。不，我不知道我们在哪里。如果我从窗户往外看，可以看到我们正沿着河流行驶。河流的哪一边？左边。请快点过来。哇！"（那时，我们正在一个急转弯处飞速行驶，特雷弗被甩到了沙发上。）"我们有几个人？两个人。"

我可以告诉你，我的耳朵立刻警觉了起来。"是两个人吗？"我对他说。我说："听着，伙计，这座快速移动的房子里有四个人。我们是狗，但我们和你们一样重要。如果不是我们，那些被偷走的物品可能永远不会被发现。事实上，要不是我们发现了那些被偷走的物品，克雷佩夫人可能不会来偷这辆银色大篷车，我们也不会陷入眼前这种危险的境地。事实上，这样说起来，一切都是我们的错。"

哦，天哪！我应该保持沉默，不是吗？

反正也无所谓了，因为特雷弗根本不知道我在吠叫什么。

他现在正忙

着给他的父母打电

话，告诉他们发生了什么事情。

"爸爸，别冲我大喊大叫，听我说。这不

是我们的错。克雷佩夫人偷走了我们那辆银色大篷

车，我已经报了警。是，当然。我会告诉克雷佩夫人

不要刮坏大篷车的。不，爸爸，我不知道克雷佩夫人

有没有偷你的高尔夫球杆。快来救我们。求求，求求

你了！"

　　我们现在真的在飞速前进。我们设法挤进狭窄的

地方，在那里我们可以抓住什么东西。我用牙齿紧紧

咬住一条桌腿，即便如此，有时我还是无法固定住自

己——我在桌子下面滑动，绕着桌子转来转去，尾巴

在地板上擦来擦去。

　　终于，我们听到了远处传来的警笛声。呜呜呜，

呜呜呜！警车离我们越来越近了，特雷弗冲向大篷车后面的窗户。

"我还看不见警车！"他大喊道，"离我们还有一段距离，我敢肯定克雷佩夫人一定听到了警笛声。"

特雷弗说得没错。银色大篷车开始减速了，克雷佩夫人正在停车。我们得救了！特雷弗跑回大篷车前面的窗户看，刚好看到克雷佩夫人把车停在路边。

　　她从车上跳了下来，绕到车后，解开了连接大篷车的缆绳，又飞快地跑回了车上，然后开车离开了——她没有带上我们！她在逃跑！

　　埃米莉扑进特雷弗怀里。"你救了我们！"她哭着说道，"你又救了我一次！你真勇敢！简直帅呆了！"

　　等等，我想，那也是我对帕斯卡的评价。它勇敢又帅气，尽管此刻并不那么勇敢和帅气，因为它刚刚吐在了大篷车的地板上。一定是那些弯弯曲曲的路和颠簸的缘故，我可能又要抓着它的爪子，舔舔它的耳朵了。

　　就在我们都想着"哇哦，我们得救了！"的时候，大篷车又开始动了，而且完全是它自己在动——没有人推，也没有人拉，大篷车就这样向着山下滚去，直奔河流而去！

"我们必须跳出去!"特雷弗大声喊道。

"车速太快了!"埃米莉啜泣着说,"我们会死的,而且还会湿透。"

然后,所有的东西都"扑通扑通"跳了起来,紧接着我们听到了一声巨大的扑通声。片刻之后,我们被河水冲走了,银色大篷车漂浮在水面上。但是,请看!水正从车缝里涌进来。

发出警笛声的警车来到了我们身边,我们可以看到警车沿着道路飞驰,还看到了特雷弗的爸妈以及埃米莉的爸妈,他们都在河岸上的车辆里颠簸着,向我们挥手并大喊。

两辆警车在前面飞驰,特雷弗的爸爸在车里大声喊道:"警察会朝你们扔一根绳子!抓住它,我们就可以把你们拉到安全的地方。急流就在前方,你们可不能被卷入其中,不然,大篷车可能会被刮坏!"

从大篷车前面的窗户往外看,可以看到长着警察腿的人在我们的前方,正准备朝我们扔救生绳。特雷弗站在桌子上并努力保持平衡,他打开车顶部的天窗,这样他就可以把身体伸出去接住绳子了。但是,当长着

　　警察腿的人扔绳子的时候，绳子偏离了我们，直接掉进了河里。

　　"我们要被淹死了！"埃米莉抽泣着。而我则在想，如果她再哭，我们不仅会被河水淹死，还可能会被她的眼泪淹死。不过，我并没有感到开心，我吓得心都提到嗓子眼了。后来我才意识到，心提到嗓子眼的感觉，其实是帕斯卡的后腿托住我的下巴造成的，就在我们在

河面上漂浮不定的时候。

现在我们正漂向一座桥，桥上的公路横跨河流，从这里开始就是急流了。看到这些，我惊讶得目瞪口呆，眼睛几乎要从眼眶里跳出来了，你永远猜不到站在桥的栏杆处的是谁。

是谁呢？？？

是的，看吧，你猜不到，对吧。我来告诉你吧，

站在那里的正是巴尔巴罗萨、比什和外星犬博什。

它们在那里到底要做什么？

就在银色大篷车即将在桥下嗖的一声漂过去时，我看到巴尔巴罗萨一跃而起，跳到了空中。

天哪！如果它穿了斗篷的话，它就像超人一样，只是没有穿红色内裤。

它落下后，又滑行了一段距离，同时车顶发出了一声巨响。片刻后，它的大脑袋从车顶部的天窗钻了进来，然后它就翻滚着进到了大篷车里，嘴里还咬着一根绳子！

顿时响起了如雷般的狗狗掌声！！嘿嘿，狗狗万岁！！！

特雷弗迅速把绳子绑在桌子上，也就是我用牙齿咬过的那张桌子。绳子时松时紧，当绳子被拉紧时，会发生可怕的抖动，一声可怕的撕裂声后，桌子被完全从地板上扯了起来。它呼啸着从空中飞过，但因为个头太大，无法通过天花板上的天窗，所以被死死地卡住了。

我们不再沿着河继续往前漂流了，绳子牢牢地拉住了我们。长着警察腿的人们把绳子的另一端绑在了他们的车上，慢慢地，一点一点地，我们被拉回了岸边，离开了河水，我们得救了！

我跳上了坚实的地面，发出呼的一声！然后，径直走向巴尔巴罗萨。"你太了不起了！"我对它说，"你是

个英雄。"

"我更喜欢你叫我海盗犬。"它咆哮道。

"没错，我们是海盗犬。"比什说。

"我是……"博什开始说话。

"闭嘴！"我们齐声说。

"可是，你们为什么救我们？"我问。

海盗犬首领沉思时审视着自己的爪子，用低沉的声音说道："这很刺激，而且我不希望有任何狗受伤。"

"但在我逃离克雷佩夫人的花园时，你追赶我，差点吃掉我，当时你所有的牙齿都露出来了，像狼人一样流着口水。"

"我没打算吃掉你！在克雷佩夫人面前，我必须让自己看起来像个凶猛的怪物。"

"但是你们是黑帮。"我说。

"海盗犬帮派。"比什插话说。

"嘘！"我和巴尔巴罗萨回应道，比什没有再说话。巴尔巴罗萨耸了耸肩，继续说道："我很无聊，整天无所事事。直到我的主人克雷佩夫人开始偷东西，生活才开始变刺激。我想我也可以做些类似的事情，所以我组建了海盗犬帮派。然后你来到了露营地，一切都改变了，因为你是如此……与众不同，特别与众不同！我试图让我的生活变得刺激，但是你，你就是刺激本身，这就是我想要成为的样子。"

　　我看着巴尔巴罗萨，觉得它真的非常可爱。它只是想找点事做，我觉得我应该向它表达我的感激之情，毕竟它拯救了我们所有人，所以我咬了它的一只耳朵，说它是一个花椰菜，但它一脸茫然，感到十分困惑！

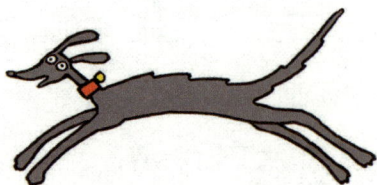

第十一章

# 羊角面包！法棍面包！明信片！

在我们周围，那些两条腿的人互相轻拍着对方的背部，喋喋不休，就像他们在戏剧性的事情发生后，会做的一样。他们谈论着这件事，足足几个小时，而我则去睡觉了。有人在检查特雷弗和埃米莉，发现他们受了点惊吓，身上也有点湿，但其他方面都还好。

"特雷弗救了我们！"埃米莉对周围的人说，"他太棒了！"

"他是个明星！"所有两条腿的大人都在说，包括警察，不过他们用的是法语，所以这是帕斯卡告诉我的。

实际上，我觉得我必须指出："是巴尔巴罗萨救了我们，冒着生命危险跳上一辆要沉没的大篷车。"

"安静点，奔奔。"特雷弗的爸爸命令道。

这恰恰说明，那些两条腿的人有时候是多么不懂感恩。

一辆警车开了过来，你们猜车里是谁？克雷佩夫人和米尼。她们的车在前面的路障处被拦下了，原来克雷佩夫人和米尼计划要卖掉所有偷来的东西，这样她们

就可以去做整容手术了。

克雷佩夫人哭着说："我们只是想像电影明星一样好看，去好莱坞走红地毯，吸引所有人的目光，对我们说，噢噢！啦啦！她们真美。我希望我也能像她们一样美。现在，这个梦想永远不会实现了。"

没有了大平底锅，克雷佩夫人看起来似乎相当脆弱。米尼则心痛不已，她含着泪说道："我的梦想破灭了，我原本计划要席卷好莱坞的。"

我看着她们，叹了口气。那些两条腿的人脑袋真是混乱，他们把生活中的一切都搞得很复杂，而实际上一切都很简单。他们总是梦想着成为别人，为什么不能做自己呢？就像我一样！

你不需要变得美丽才能感到幸福，你不需要成为电影明星、名人或重要人物之类的角色。你只需要拥有一些香肠，或者馅饼，或者比萨、汉堡、冰激凌、烤鸡和烤肉串就能感到幸福。

反正我就是这么想的。

总之，银色大篷车被拖回了露营地。它撞得并不严重，只是车体上布满了奇怪的凹痕。你们猜怎么着？大篷车底下竟然卡着一条红色的独木舟。真的！一定是我们在河里漂流而下的时候，卡在大篷车的轮子上了。在克雷佩夫人被警察带到露营地，展示她花园里所有被偷的物品时，特雷弗的爸爸把那条红色的独木舟还给了她。

他对她说："你不是想要回你的独木舟吗，给你！"

克雷佩夫人凝视着上面所有的洞，说它看起来更像一个洒水壶而不是独木舟，也许她可以在里面种些蔓生豆。

她坦白道："我不知道大篷车里有人，如果知道的话，我绝对不会开走的。当然，如果知道那些狗在车上的话……"

我没听到她接下来说了什么，因为帕斯卡用爪子捂住了我的耳朵，以防我受到伤害，它就是这样体贴入微的狗。

最后，长着警察腿的人决定不把克雷佩夫人和米尼送进监狱，因为每个人都拿回了自己被偷走的物品。警察甚至找到了帕斯卡的狗碗，但他们怎么也弄不清楚狗碗是怎么到那里去的，帕斯卡和我对此保持沉默，我

们欠了那个海盗犬首领一个人情。

　　警察没有把克雷佩夫人和米尼送进监狱，而是让她们向所有来露营的人道歉，为除了她们以外的人做一顿丰盛的大餐，警察给克雷佩夫人和米尼规定了特殊"大餐"——只吃豆子和花椰菜。汪汪！哈哈！（不过大家一直笑到了最后，因为吃了蔬菜，克雷佩夫人和米尼

母女俩不停地放屁，噗噗噗！）

　　所以，一切都很顺利，只是那些两条腿的人忙着为自己庆祝，把我们这些狗的功劳忘记了。

　　所以，我要提醒他们一下。

　　我说："等等，伙计们。巴尔巴罗萨非常勇敢地救了我们，应该奖励给它一枚奖章。帕斯卡和我也应

该得到奖章，因为是我们发现了那些被偷走的物品和小偷。"

我们得到奖章了吗？当然没有。相反，特雷弗的妈妈跟我说，让我安静点，不要打扰到别人，还问我要到什么时候才能学会闭上嘴？这样的要求真的不太好，不是吗？我不知道我们为什么要和这些两条腿的人在一起，要是他们不擅长做饭的话，我们可能根本不会在意他们。

几天后，我们的假期结束了，不得不离开露营地，这意味着我也要跟巴尔巴罗萨和帕斯卡告别了。这很伤感，特别是对帕斯卡和我来说。

"我永远不会忘记你的，"我说，"你有空一定要来英国玩。"

"你们也许明年会再来玩吧？"帕斯卡说，我微笑着点了点头。我也许会再来的，但谁能知道下一刻会发生什么呢。我的意思是，上一分钟我还差点被做成烤肉，但下一分钟我就坐上了一辆顺流而下的大篷车。当然，还有被埃菲尔铁塔一样的针戳的事情，我不确定我是否想再经历这些，除非两条腿的特雷弗有更多的果酱甜甜圈。

　　然后，我看到巴尔巴罗萨跟它的两个伙伴，站在离我们稍远一些的地方。我小跑过去和它告别，它对我说，我是它见过的最棒的狗。

　　"你也很好。"我对它说，因为它的确很好，"你是一条伟大的海盗犬。"

　　"我也是伟大的海盗犬。"比什说。

　　"我是伟大的外星犬。"博什最后一次提醒大家说。

　　"你绝对来自一个古怪的星球。"巴尔巴罗萨嘟哝着说，这把我们都逗笑了。

　　我不知道回到家后会发生什么，我觉得两条腿的特雷弗可能会有一些麻烦。你知道他在法国的时候给蒂

娜寄了几张明信片吗？一张都没寄。他要给蒂娜好好解释这件事了。

至于特雷弗的爸爸，我们在露营地的这段时间，他一次高尔夫球都没打过。真可怜！也许我们最终还会回到法国，回到这片露营地，到时，我们就可以吃羊角面包！法棍面包！法式香肠！我一吃再吃，还一边感叹，美味，真是太美味啦！

著作权合同登记号：字 18-2024-221

**图书在版编目（CIP）数据**
巴黎大冒险 /（英）杰里米·斯特朗著；（英）罗恩·克利福德绘；杨琼琼译 . -- 长沙：湖南文艺出版社，2025. 2. --（时速一百英里的狗）. -- ISBN 978-7-5726-2198-7
Ⅰ . I561.84
中国国家版本馆 CIP 数据核字第 2024VC5614 号

上架建议：儿童文学

SHISU YIBAI YINGLI DE GOU BALI DA MAOXIAN
# 时速一百英里的狗 巴黎大冒险

| | | | |
|---|---|---|---|
| 著　　者：[英] 杰里米·斯特朗 | | 绘　　者：[英] 罗恩·克利福德 | |
| 译　　者：杨琼琼 | | 出 版 人：陈新文 | |
| 责任编辑：何　莹 | | 监　　制：李　炜　张苗苗　文赛峰 | |
| 策划编辑：文赛峰　李孟思 | | 特约编辑：杜天梦　张丽静 | |
| 营销编辑：付　佳　杨　朔　苗秀花 | | 封面设计：马睿君 | |
| 版式排版：马睿君 | | 版权支持：王媛媛 | |

出　　版　湖南文艺出版社
　　　　　（长沙市雨花区东二环一段 508 号　邮编：410014）
网　　址：www.hnwy.net
印　　刷　天津联城印刷有限公司

| | | | |
|---|---|---|---|
| 经　　销　新华书店 | | 开　　本：875mm × 1230mm　1/32 | |
| 字　　数　65 千字 | | 印　　张：4.25 | |
| 版　　次：2025 年 2 月第 1 版 | | 印　　次：2025 年 2 月第 1 次印刷 | |
| 书　　号：ISBN 978-7-5726-2198-7 | | 定　　价：24.80 元 | |

若有质量问题，请致电质量监督电话：010-59096394　团购电话：010-59320018